지우는 소년

싸우는 소년

오문세 장편소설

문학동네

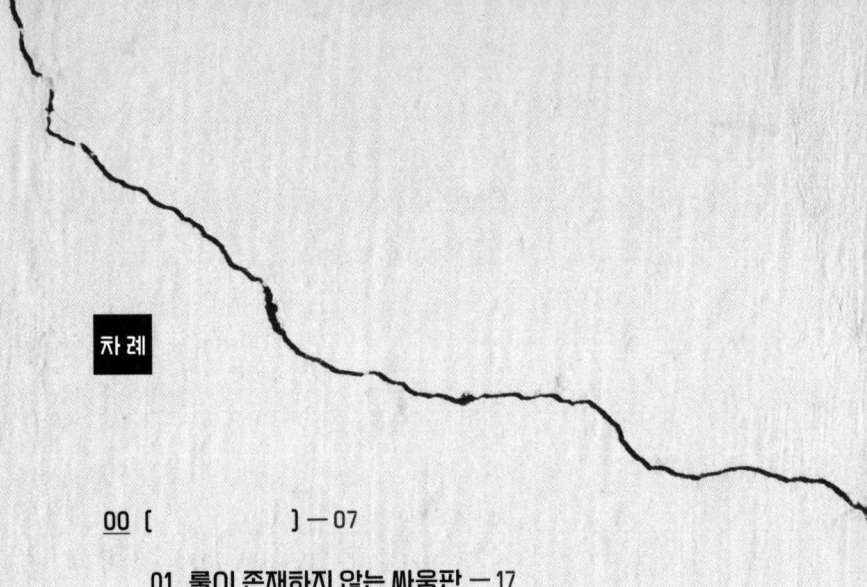

차 례

이렇게 시작한다.

내가 응급실에서 눈을 뜨던 순간 보았던 문구로. 무슨 경전에 나오는 말씀이나 위인들의 그럴듯한 명언이 아니었다. 그냥 단순한 문장이었을 뿐이다.

시간이 조금 지난 뒤 곰곰이 생각해 봤지만 역시 그건 환자가 쓴 게 아닐 거라는 결론이 나왔다. 그러나 마찬가지의 절박한 심정으로 하나하나 똑바르게 새겨 넣었다는 느낌이 들었다. 누군가 날카로운 것으로 벽을 긁어 만든 낙서였다.

아빠는 언제나 그렇듯 덤덤한 척 서 있었지만 엄마는 놀란 표정으로 두서없는 말을 쏟아 내 나를 심란하게 만들었다. 이게 대체 무슨 일이니? 하고 백 번쯤 말했고 그래도 무사해서 다행이다, 하고 백 번쯤 더 말했다.

도로에서 나를 치고 도망간 그 불쌍한 새끼는 얼마 되지 않아 붙잡혔다고 들었다. 명백한 뺑소니였고 처벌받게 될 거라는 이야기가 있었다. 나는 그렇게까지 할 필요 없다고 말하려 했지만 그럴 수가 없었다. 머리부터 턱끝까지 빌어먹을 붕대로 꽁꽁 감아 놓은 데다가 목에 깁스까지 둘러 놔서 의사를 전달할 방법이 없었기 때문이다. 그렇다고 팔이나 다리를 움직이기도 곤란한 상황이었다.

언제쯤 애가 말이라도 할 수 있겠습니까, 하고 아빠가 묻자 의사는 2개월 안에, 하고 장담했다. 엄마는 2개월이나? 하고 물었다. 나는 2개월이면, 하고 생각했다. 핑계를 대려는 건 아니지만 아무튼 상황이 그랬다는 거다.

다들 사고라고 생각하는 모양이다. 엄마는 교복이 엉망이었다고 했다. 그뿐이다.

교복 안주머니에는 뜯어보지 않은 유서가 있다. 나는 자포자기 심정으로 도로에 서 있었다. 왜 아무도 차에 치인 고등학생의 교복 안주머니를 뒤져 볼 생각은 하지 않는지 궁금하다. 실례라고 생각하는 걸까. 그게 아니면 내 예상대로 이 좆같은 나라의 인간들은 남의 좆같은 인생에 좆같이 관심이 없는 것이다.

머리를 심하게 다쳐서 CT인지 뭔지 하는 걸 5천 번 찍었다. 다행히 뇌출혈 징후는 보이지 않는다고 했다.

기억에는 이상 없습니까? 의사가 병신 같은 질문을 했다. 나는 고개를 끄덕였다. 의사는 머리에 그 정도 충격을 받으면 일시적인 기억상실이 오는 경우도 있다며 겁을 줬다. 쓸데없이 친절한 사람이었다.

내 머리는 투명한 유리창보다 선명했다. 괜히 엄마의 걱정거리만 늘었을 뿐이다. 그 뒤로 의사는 엄마 아빠와 함께 내 신상에 대해 터무니없는 질문을 몇 가지 했고 나는 별로 힘들이지 않고 정확한 대답을 내놓았다.

더 나빠질 게 없어서 더 나빠지지는 않았다.

나는 나무토막처럼 병실 침대에 누워 수액 주사를 맞고 엄마가 읽어 주는 듣기 싫은 교양 노서의 문상을 늘으며 시간을 보냈다. 어찌 됐든 학교에 나가는 것보다는 나았다.

아플 땐 마음속으로 천천히 숫자를 세. 그러다 보면 괜찮아질 거야. 엄마의 말대로 몇 번 숫자를 세 본 적이 있다. 그러나 잠이 오지 않는 밤의 고통은 숫자가 아니라 모르핀이 해결해 줬다.

엄마 아빠가 24시간 내내 내 옆에 붙어 있지는 못했다. 두 분이 함께 차린 작은 식당은 일손이 부족해서 한 사람이라도 빠지면 제대로 영업이 되지 않았다. 내가 사고를 당한 후 몇 주 동안은 아예 문을 닫고 있었다. 그것만 해도 큰일이었다.

엄마 아빠는 교대로 일을 나가면서도 잔소리를 했다. 나는 그걸 듣는 게 싫어서 더는 여기 오지 않아도 괜찮다고 말해 주고 싶었다. 글이라도 쓸 수 있으면 그렇게 썼을 거다. 평소에는 말을 별로 많이 하지 않는데 막상 이렇게 되니까 하고 싶은 말이 썩어 넘쳤다. 인생은 생각할수록 불공평한 것이다.

입원하고 한 달 정도 지났을 무렵 같은 반 아이들 몇 명이 문병을 왔다. 반장인 양아영의 얼굴을 보는 건 상관없었다. 대표로 올 거라고 예상했으니까. 담임한테 끌려왔을 게 뻔한 강준혁의 낯짝을 보는 건 전혀 다른 문제였다.

나는 속이 뒤틀리는 걸 참으며 애써 태연한 표정을 지었다. 담임은 얼마나 힘드냐, 못 나간 진도는 반장을 시켜 병원에서 메꿀 수 있도록 하겠다, 다들 널 보고 싶어 한다, 등등 정신 나간 소리를 했다.

담임이 말을 하는 동안 양아영은 내내 입을 다물고 있었다. 심각한 표정이었다. 오늘이라도 당장 반장 때려치워야 하나, 같은 고민을 하는 게 분명했다.

그리고 강준혁.

안승범의 부하나 다름없는 그 개새끼는 담임이 잠깐 자리를 비운 틈을 타 내게 귓속말을 했다.

전부 니 잘못이라는 거 알지, 병신 새끼야.

나보다는 내 몸이 먼저 반응했다. 나는 부들부들 떨다가 발작했고 수 간호사가 문병 온 사람들을 바깥으로 쫓아냈다.

절대안정, 이라는 표가 붙고 아무도 나에게 말을 걸지 않았다. 아프고 쪽팔리고 외로운 시간이 왔다. 그래도 괜찮은 점이 있다면 내가 이런 시간에는 이미 익숙하다는 거다.

의사가 장담한 대로 2개월이 지나자 조금씩 몸을 움직일 수 있었다. 수 간호사가 수액 주사를 떼어 갔다. 이제부터는 턱을 움직여서 직접 음식물을 씹어 넘겨야 한다고 했다.

나는 먹은 걸 죄다 토했다. 아무리 참으려고 해도 소용없었다. 엄마 아빠는 어쩔 줄 몰라 했다. 한동안은 세 끼에 한 번 정도 그런 일이 벌어졌다. 병원 밥은 끔찍하게 맛이 없었다. 그래도 그게 맛이 없어서 토한 긴 아니다.

말을 할 수 있게 되면서 병원의 다른 사람들과 대화를 나누는 일이 늘었다. 가장 먼저 친해진 사람은 산이 누나다. 이런저런 용무로 복도를 오가는 중에 몇 번 마주쳐서 얼굴은 알고 있었다.

화장실에 들어가다가 휠체어 바퀴가 꼬여서 꼼짝 못 하게 된 걸 마침 근처에 있던 누나가 도와줬다. 그 뒤로 산이 누나는 종종 우리 병실에 놀러 와 다른 사람들과도 스스럼없이 지냈다. 붙임성이 좋은 사람이었다.

산이 누나는 아마추어 권투 선수고 나처럼 차에 치인 환자였다. 데뷔하는 날 아침에 무슨 엿같은 농담처럼 사고가 났다고 했다. 겉보기에는 권투 선수처럼 보이지 않았다. 그래서 그렇게 말했더니 권투 선수처럼 보인다는 게 어떤 건데? 하고 물었다. 나는 근육이 붙고 가벼운, 까지 말했다가 누나가 쏘아 보내는 눈빛에 두드려 맞고 입을 다물었다.

산이 누나 다음으로 친해진 사람은 같은 병실에서 내 바로 옆 침대를 쓰는 박 할아버지인데, 어쩌면 나 혼자 친하다고 생각하는 걸 수도 있다. 반쯤은 정신을 놓고 사는 할아버지였다.

아침저녁으로 회진 나오는 의사가 정해진 수순처럼 박 할아버지에게 몸은 좀 어떠세요, 하고 물으면 박 할아버지 역시 정해진 수순처럼 의사에게 안 좋아, 하고 대답했다. 그걸 보는 게 재미있었다. 몇 번을 봐도 질리지 않았다.

박 할아버지는 이따금 갑자기 생각난 것처럼 나에게 바보 같은 질문을 던졌다. 사람이 왜 나이를 먹을까? 나는 지금 어디에 있는 거지? 아무것도 생각하지 않고 살 수는 없어?

그럴 때마다 나는 박 할아버지의 이상한 의문을 조금이나마 풀어 보기 위해 애썼다. 서툴게 늘어놓는 헛소리가 대부분이었지만 할아버지는 가만히 앉아서 내가 하는 말을 끝까지 들어 주었다. 그것만으로도 내가 좋아할 이유가 충분한 사람이었다.

박 할아버지 옆에서 간병 일을 하는 아줌마는 도도새라는 필명을 쓰는 그림책 작가라고 자신을 소개했다. 본명은 김삼순이고, 먹고살기 힘들어서 이쪽 일을 따로 구했다며 멋쩍게 웃었다.

본인이 나름 유명한 그림책 작가라며 제목을 몇 개 언급했는데 나는 한 번도 들어 본 적 없는 것들이었다. 여기저기 널린 냅킨이나 서류 귀퉁이에 가끔 그리는 걸 보면 온통 새만 날아다녔다.

도도새 아줌마는 나보다 우리 엄마랑 더 친했다. 내 상태가 거의 죽은 인간에서 반쯤 죽은 인간 정도로 호전되자 엄마는 병원에 와서 뭘 읽는 대신 도도새 아줌마와 수다를 떨며 시간을 보냈다.

널 보면 우리 딸 생각이 나. 아줌마가 말했다. 얼마나 착한지 몰라. 반에서 인기도 많고.

이렇게 말하는 걸 보면 도도새 아줌마는 나에 대해 하나도 모르고 있었다. 하긴 그건 우리 엄마 아빠도 마찬가지니까.

재활 훈련은 길고 고통스러웠다. 의사는 큰 사고였지만 아직 어린 나이라 치료만 제대로 받으면 영구적으로 손상되는 부분은 없을 거라고 했다. 아빠는 작게 한숨을 쉬었고 엄마는 연신 고개를 끄덕였다. 두 분 다 의사의 말을 듣고 한시름 놓은 듯했다.

나는 열심히 몸을 움직였다. 다시 죽을 생각은 없었다. 도로 위에 섰을 때 나는 아무도 생각하지 않았다. 오직 나만 생각했다.

트럭에 치여서 공중을 날 때야 비로소 엄마의 커다랗게 흔들리는 눈동자가 떠올랐다. 아빠의 깊게 파인 이마 주름도. 다시 그런 짓을 하고 싶지는 않았다.

한 가지 다행스러운 건 학교에서 더 이상 생색내기식 문병을 오지 않았다는 것이다. 처음에 그렇게 지랄을 했으니 오고 싶어도 못 오는 게 당연했다.

병실에 혼자 있는 동안 나는 가끔 서찬희 생각을 했다. 서찬희, 그 멍청한 새끼.

우리는 친구였다.

친구였다, 하고 말할 수밖에 없는 이유는 녀석이 더 이상 나와 아무 사이도 아니었기 때문이다.

서찬희는 내 짝이었다. 학기 초에 게임 이야기를 나누면서 친해졌다. 나와 서찬희는 게임을 하고 영화를 보는 게 취미였고, 서로 취향이 비슷했다. 대화를 할수록 우리가 잘 통한다는 생각이 들었다.

그러나 서찬희는 안승범에게 찍혀 괴롭힘을 당하기 시작하면서 나와 조금씩 멀어졌다. 나는 서찬희가 의도적으로 사람들과 거리를 두고 있다는 걸 알았다. 바보 같은 자식이었다.

가끔 이른 오후에 눈을 붙이면 무시무시한 꿈을 꿨다. 병실에 놀러 와 있던 산이 누나는 자면서 무슨 욕을 그렇게 살벌하게 하냐며 깔깔 웃었다. 내가 뭐라고 했는지 물어도 대답해 주지 않았다. 박 할아버지는 넋을 놓고 사는 사람이니까 아무래도 좋았고, 도도새 아줌마나 다른 사람들에게는 물어보기가 겁났다.

식당 일을 아빠에게 맡기고 급하게 아르바이트생을 구한 엄마는 날마다 병원에 들렀지만 오래 있지 못했다. 내가 욕하는 걸 엄마가 들었으면 집에서 쫓겨났을 거다. 이미 집 밖에 있기는 한데 그래도 나가라고 할 수는 있으니까.

재활 훈련 때문에 지친 몸을 끌고 복도를 걷다가 마침 앞에 보이는 산이 누나에게 권투 어떻게 배워요? 하고 물어본 적이 있다. 누나는 그냥 배워, 하고 대충 흘렸다.

며칠 뒤 나는 기회를 봐서 다시 한번 권투 있잖아요, 누나는 어떻게 시작했어요? 하고 물었다. 그냥 때려 주고 싶은 애가 있어서 시작했어. 산이 누나는 귀찮다는 투로 대답했다. 나는 누나의 성의 없는 대답이 마음에 들었다.

왜, 권투 선수라도 하려고? 누나가 물었다. 나는 고개를 저었다. 거짓말이 아니었다. 정말로 권투 선수 같은 걸 할 생각은 없었으니까.

나는 다른 걸 할 계획이었다. 아직은 어렴풋이 생각만 하는 단계라서 구체적으로 뭘 할 건지에 대한 확신은 없었지만, 분명히 계획이 있었다. 그러나 그것도 우선은 몸이 마음대로 움직여야 가능한 일이었다.

입원 기간이 길어지면서 진통제 처방이 줄었고 줄어든 만큼 눌러놨던 고통이 한꺼번에 몰려들었다. 재활 훈련이 끝나고 침대 위에 누우면 잠이 올 때까지 시커먼 고통이 넘실거리는 우물에 잠겨 몸을 뒤척여야 했다.

　내가 할 수 있는 일이라고는 과거를 곱씹으며 앞으로 무엇을 할 건지 가늠해 보는 것 정도였다. 시간이라면 얼마든지 있었다.

<u>01</u> 룰이 존재하지 않는 싸움판

담임은 약속을 지켰다. 거지 같은 문병 사건이 벌어진 후 두 달 만이었고 입원한 지 3개월이 지나던 때였다.

2학기가 시작되자 양아영이 수업 내용이 담긴 공책을 세 권 들고 병실에 찾아왔다. 나는 재활 훈련 중이라 자리에 없었다. 마침 놀러 와 있던 산이 누나가 양아영을 대신 맞이했다.

양아영이 누나에게 공책만 떠맡기고 싸가지 없게 내 얼굴도 안 보고 가려는 걸 도도새 아줌마가 말렸다. 조금 있으면 돌아올 테니 이야기라도 나누다가 가라고 권했단다.

어른 앞에서는 언제나 예의 바른 학생처럼 보이고 싶어 하는 양아영은 도도새 아줌마의 말을 따랐다. 그래서 내가 차라리 기어가는 게 낫겠다고 생각하며 녹초가 되어 돌아왔을 때 양아영은 내 침대 옆에 어색하게 서서 나를 기다리고 있었다.

"어, 안녕."

이게 내가 양아영에게 건넨 인사다.

"응, 안녕."

이게 양아영이 나한테 한 대답이고.

병실 사람들의 시선이 온통 우리에게 와서 꽂히는 게 피부로 느껴진다. 나는 양아영에게 "목마르지 않아? 음료수 마실래?" 하고 별로 권하고 싶지도 않은 걸 권하면서 복도로 나온다. 눈치가 더럽게 없는 양아영은 "목 안 마른데." 하며 따라 나온다.

"어쩐 일이야?"

필요 없다고 한사코 거절하는데도 엄마가 주머니에 쑤셔 넣고 간 신용카드를 꺼내며 묻는다.

"선생님이 시켜서 온 거야. 오해하지 마."

양아영은 안 해도 될 소리를 한다.

"알고 있거든."

나도 안 해도 될 소리를 하며 음료수를 두 개 뽑는다.

"많이 아파?"

내가 주는 음료수 캔을 받아 들며 양아영이 묻는다.

"왜? 갑자기 그게 궁금해졌어?"

나도 모르게 퉁명스러운 투로 뱉는다.

양아영은 이런 반응이 나올 거라고 예상하지 못했는지 당황한 표정이다. 이게 아닌데, 하는 후회가 들었지만 시치미를 떼고 뻔뻔스럽게 마주 본다.

"나는 궁금해하면 안 돼?"

조금 뒤에 양아영이 화를 참는 목소리로 묻는다. 나는 어깨를 으쓱한다.

"너무 애쓰지 마. 어차피 너는 남한테 별로 관심 없을 거 아냐."

말하면서도 조금 지나친 게 아닌가 싶어 곁눈질로 양아영을 살피다가 심장이 멎을 뻔한다. 싸늘하게 굳은 눈동자가 송곳처럼 얼굴을 찌른다.

5천 시간처럼 느껴지는 5초가 지난 후 마침내 양아영이 입을 연다. 안에서 냉기와 함께 부서진 얼음 조각이 우수수 쏟아져 나온다.

"수업 진도 밀린 거, 정리해서 침대 위에 올려놨어. 뒷장에 내 번호 적었으니까 궁금한 거 있으면 전화해. 되도록 안 했으면 하는데, 그래도 할 거면 시간을 잘 맞췄으면 좋겠어. 내가 학교나 학원에 있을 때는 안 돼. 주말도 안 되고. 아마 평일 밤 10시부터 11시까지만 가능할 거야. 정말 궁금해서 도저히 안 되겠다 싶은 게 있을 때만 전화해. 이해했어?"

뭘 이해해야 하는지 모르겠지만 아무튼 "이해했어." 하고 대답한다. 잘한 선택이었다. 그렇게 대답하지 않았으면 양아영이 눈에서 살인 광선을 쐈을 거다.

양아영은 그대로 가 버릴 것처럼 세차게 몸을 틀었다가 멈추더니 이쪽을 보고 내가 뽑아 준 음료수 캔을 내민다.

"도로 가져가. 준 건 고마운데 난 무탄산만 마시거든."

떨떠름한 태도로 음료수를 받자 양아영은 기다렸다는 듯 돌아서서 빠른 속도로 사라진다.

병실에 돌아와 마시지 않은 음료수 캔 두 개를 내려놓고 양아영이 두고 간 공책을 대충 넘긴다. 산이 누나가 "왜 벌써 와? 사랑스러운 애랑 할 말이 그렇게 없어?" 하고 열받는 소리를 한다. 나는 "이거나 마셔요." 하고 양아영이 따지도 않고 돌려준 음료수를 던진다.

"감사합니다."

산이 누나는 군것질이라면 사양하는 법이 없다.

"착한 학생이더라."

여느 때처럼 냅킨 위에 낙서하던 도도새 아줌마가 말한다. 나는 착한 학생이라는 게 누구를 가리키는 말인지 몰라 잠시 어리둥절했다가 이렇게 대꾸한다.

"쟤가 어디가 착해요."

"친구 보려고 시간 내서 여기까지 왔는데 착하지, 안 착해?"

"친구 아닌데요."

그러자 가만히 있던 박 할아버지가 대뜸 입을 연다.

"착한 건 안 돼."

병실 안에 있는 사람들이 다 같이 놀라서 박 할아버지를 본다.

"뭐라고요 할아버지?"

산이 누나가 대표로 묻는다. 박 할아버지는 다시 한번 똑같이 말한다.

"착한 건 안 돼."

그리고 입을 다문다.

하루 종일 수련하듯 침묵하던 사람이 오랜만에 꺼낸 말이 겨우 이런 내용이라니 좀 서글프다.

"너 걔한테 관심 있으면서 괜히 아닌 척하는 거지? 그러다 나중에 후회한다. 기회가 왔을 때 잡아야지."

할아버지와 달리 하루 종일 쓸데없는 말만 줄기차게 쏟아 내는 산이 누나가 또 쓸데없는 말을 한다.

나는 "제가 잡을 건 개 멱살밖에 없어요." 하고 정색한 뒤 자리에 드러누워 양아영이 주고 간 공책을 사물함 위에 놓는다.

전화 시간이 뭐 어쩌고 어째? 무인도에 갇혀서 연락할 사람이 너 하나뿐이라고 해도 안 한다.

"식사하세요."

때마침 환자들의 식판을 담은 카트가 복도에 도착한다. 내가 깨끗하게 식판을 비우는 동안 다른 사람들은 반쯤 먹고 박 할아버지는 손도 대지 않는다. 가끔 다 먹기도 하고 아예 안 먹기도 하고 그런다. 환자들의 상태를 확인하려고 들어온 수 간호사가 박 할아버지의 식판을 보고 한숨을 쉰다.

스무 살인 산이 누나보다 대여섯 정도 나이가 많은 수 간호사는 이름이 수안영이라서 수 간호사다. 병원에서는 가장 서열이 높은 간호사를 수간호사라고 하는데 수 간호사는 막내다. 늘 다크서클을 달고 다니면서도 일부러 꾸민 듯 활기차게 행동해서 보이는 것보다 훨씬 밝게 느껴지는 사람이다.

나처럼 장기간 입원 생활을 하는 환자라면 누구나 어느 순간 눈치채는 사실이지만, 수 간호사는 다른 고참 간호사들로부터 비롯되는 온갖 고초를 겪고 있다. 차트 정리가 안 됐다거나 복장이 불량하다는 등의 시시콜콜한 시비부터 시작해서 불필요한 잔업과 휴일 근무 강요까지.

그러나 나는 수 간호사가 불평하는 걸 본 적이 한 번도 없다. 언제나 생기 넘치는 모습으로 자기 할 일을 하는 사람이다. 그야말로 어른의 정석이랄까.

"여자친구는 벌써 간 거야?"

그리고 수 간호사는 이 병원에서 쓸데없는 말이 제일 많다.

분하게도 양아영이 놓고 간 공책은 예상보다 훨씬 훌륭했다.

억지로라도 트집 잡을 만한 구석이 하나도 없었다.

　나는 과목마다 편차가 심해서 성적이 좋은 편은 아니다. 국어는 잘하지만 수학은 못한다. 사회는 괜찮은데 과학은 별로다. 양아영과 비교하면 전부 다 절망스러운 수준이겠지만.

　학교는 학기 초부터 아이들을 닦달하면서 입시에 목을 매는 분위기를 조성했다. 나는 별로 신경 쓰지 않았다. 졸업하면 부모님과 함께 식당 일을 할 생각이었기 때문이다. 아빠는 하고 싶은 일을 찾아보라고 했고 엄마는 대학에 가라고 했지만 나는 양쪽 다 흥미가 없었다.

　고등학교에 입학하고 처음 등교했던 날, 간단하게 자기소개를 하는 시간이 있었다. 담임은 뭔가 설명하기 어려우면 구체적이고 실현 가능한 진로에 대해 먼저 말해 보라고 시켰다.

　양아영은 교사가 되고 싶다고 했다. 서찬희는 게임을 직접 디자인하고 만드는 프로그래머가 목표였다. 대가리가 텅 빈 안승범에게도 태권도 국가대표라는 꿈이 있었다.

　나는 구체적이고 실현 가능한 진로에 대한 생각은 없다고 솔직하게 말했다. 부모님 식당이 망하지 않으면 그거나 이어받을 거라고. 아이들이 웃었고 담임은 나를 교무실로 불렀다. 그리고 한 시간 동안, 지금은 기억도 잘 안 나는 멍청한 상담을 했다.

　교사가 되고 싶다는 바람을 투영시켜 놨는지 양아영은 공책에

칠판 글씨만 옮긴 게 아니라 군데군데 보충 설명을 함께 적었다. 덕분에 책처럼 쭉 읽기만 해도 머리에 들어오는 게 있었다. 마음에 안 들어도 능력만큼은 인정할 수밖에 없다.

저녁을 먹고 구경이나 할 생각으로 공책을 꺼냈다가 소등 시간이 될 때까지 읽는다. 좋은 교재이기는 해도 이해가 안 되는 부분이 몇 군데 있다. 마지막 페이지에 또박또박 쓴 양아영의 번호를 노려보다가 공책을 덮는다.

병원에 있는 동안 규칙적인 생활이 몸에 익었기 때문에 소등 시간이 되면 자동으로 눈이 감긴다. 그런데 오늘은 어쩐지 잠이 오지 않는다. 평소에 전혀 문제 되지 않던 박 할아버지의 코 고는 소리가 유난히 크게 들린다.

내일도 아침부터 일어나서 일정대로 움직여야 한다. 두 시간 정도 뒤척이며 잠을 자려고 애쓴다. 그래도 소용없다. 몸을 움직이면 잠이 올까 싶어 조심스럽게 일어나 휴게실로 향한다.

"안 자냐?"

산이 누나 목소리다.

캄캄한 휴게실에 TV만 켜고 앉은 산이 누나가 보인다. 전에는 단발이었는데 입원이 길어지면서 제멋대로 자란 머리카락이 등까지 으스스하게 늘어졌다. 휴게실 전등 스위치를 누르며 "심장 마비 걸릴 뻔했네. 거울 보면 안 놀라요?" 하고 농담 반 진담 반으로 말한다.

"잘 보일 사람도 없는데 거울은 봐서 뭐 해?"

"그게 무슨 소리예요. 제가 있는데."

산이 누나가 킬킬거린다. 어차피 잠들기는 틀렸다 싶어 나도 아예 누나 옆에 털썩 앉는다.

"안 자요?"

"넌?"

"잠이 안 와서요."

"난 원래 이 시간에 안 자."

이 시간은 밤 11시다. 휴게실에 붙은 벽시계 바늘이 이제 막 11시 12분을 지난다.

"그럼 언제 자는데요?"

"글쎄? 새벽 3시? 4시?"

"잘 자야 빨리 낫는다던데. 누나 7시에 일어나잖아요."

"아침 먹어야 하니까."

"아침 먹으려고 일찍 일어난다고요?"

산이 누나가 자랑스럽게 고개를 끄덕인다. 저절로 한숨이 나온다.

"왜 잠을 제대로 안 자요?"

"악몽 때문에."

나는 어울리지 않는 대답을 듣고 헛웃음을 흘린다.

"누나 권투 선수잖아요."

"그게 뭐?"

"악몽은 허약한 사람이 꾸는 거예요."

"자면서 욕하는 주제에. 너도 악몽 꾸는 거 아냐?"

"저는 약하니까 꿔도 돼요."

내가 말한다. 사실이 그렇기 때문에 쪽팔리지도 않다.

나는 약하다. 그리고 내가 약하다는 걸 아주 오래전부터 알고 있었다.

"나도 강한 사람은 아냐."

산이 누나가 말한다.

"어디서 맞고 다니지는 않았을 거 아네요."

"어디서 맞고 다녔어?"

"그런 이야기가 아니고요."

"너는 진짜 몸으로 느끼는 권투가 뭔지 몰라. 나만큼 많이 맞는 사람도 없어."

"링 위에서?"

"링 위에서."

그러나 링 위에서 맞는 건 그렇게 나쁘지 않다. 권투는 규칙이 있는 스포츠니까.

학교에는 아무것도 없다. 라운드의 끝을 알리는 종소리도, 지저분한 반칙을 감시하는 심판도, 의욕 잃은 선수를 위해 수건을 던져 줄 세컨드나 이쪽이 쓰러지지 않도록 응원해 주는 사람도 없다.

교실은 룰이 존재하지 않는 싸움판이다. 나는 진짜 몸으로 느끼는 권투가 뭔지 모르지만 이것만큼은 확실하게 안다.

"어떤 느낌이에요?"

"뭐가?"

"이겼을 때 말이에요. 어떤 기분이 들어요?"

"좋아."

산이 누나가 대수롭지 않게 대답한다. 나는 곰곰이 생각하다가 다시 묻는다.

"좋다는 게 구체적으로 어떤 건데요? 비유라도 해 봐요."

"새벽에 배가 고파서 치즈케이크를 꺼내 먹는 기분."

"그렇게 시시한 기분이에요?"

"아주아주 배가 고파서, 당장에 뭐라도 안 먹으면 죽을 거 같은데 치즈케이크가 딱!"

"그래도 시시한데요."

"과소평가하지 마."

"권투를?"

"치즈케이크를."

휴게실 한쪽에 놓인 TV에서는 나란히 앉은 연예인들이 웃긴 이야기를 하는 중이다. ㅋㅋㅋ, ㅎㅎㅎ. 요란한 자막이 깔리고 객석에 앉은 모두가 웃는다. 그걸 보면서도 무표정한 산이 누나와 내가 괜히 비정한 사람들처럼 느껴진다.

"레퍼리가 손을 들고 승리를 선언하는 건 잠깐이야."

누나가 말한다.

"우리나라 권투는 인기 있는 스포츠가 아니기 때문에 찾아오는 관중도 얼마 안 돼. 경기가 끝나면 승자나 패자나 텅 빈 링에서 내려와야 하지. 그만두는 사람이 많아. 몇 달 노력하고 10분 싸우는 거니까. 허무하다는 생각이 드는 것도 어쩔 수 없지."

"근데 왜 해요?"

"궁금해서."

"뭐가요?"

"내가 뭘 할 수 있는지."

산이 누나의 목소리에는 자신이 권투 선수라는 것에 대한 자부심이 묻어난다.

"자기가 누구인지를 아는 건 중요한 거야."

누나가 말한다.

"맞아요."

내가 동의한다.

산이 누나는 "슬슬 자야겠다. 너도 얼른 가서 자." 하며 자리에서 일어선다. 나는 고개를 끄덕이면서도 움직이지 않는다.

좃밥 새끼.

학교에서는 그게 서찬희를 부르는 별명이었다. 쉬는 시간 10분, 서찬희는 교실 한가운데로 끌려 나와 안승범의 스파링 상대가 되곤 했다. 말이 좋아 스파링이지 사실 샌드백이나 다름없었다. 좃밥 새끼야, 주먹 쓸 줄 몰라? 여기저기서 도발이 날아들었다. 서찬희는 잠자코 있었다. 어설프게 저항하면 폭력이 한층 심해질 뿐이라는 걸 알았기 때문이다.

담임은 참을성 있게 타이르면 어떤 아이든 바른 길로 인도할 수 있을 거라고 굳게 믿는 사람이었다. 담임의 꾸준한 훈계는 하얀 도화지에 칠한 하얀 크레파스처럼 순수했다. 그래서 아무짝에도 쓸모없었다.

멀쩡했던 서찬희는 점점 별명처럼 되어 갔다. 안승범의 이름만 들어도 벌벌 떨었다. 하루에 전화가 열 통은 넘게 왔다. 대부분은 얼마씩 빌려 달라는 내용의 협박이었다. 서찬희는 집에서 받은 용돈을 고스란히 안승범에게 갖다 바쳤다. 그러고도 모자라서 옷장이나 화장대에 숨겨 둔 부모님의 비상금을 조금씩 훔쳐 오기도 했다. 공부한다는 핑계로 문을 잠그고 밤새도록 컴퓨터 앞에 앉아 안승범의 온라인 게임 캐릭터를 키워 준 적도 있었다.

그 멍청한 자식이 더 멀리 가기 전에 붙잡았어야 했다. 아무 말이라도 한번 걸어 봤어야 했다.

나는 그냥 가만히 있었다.

비참하게 얻어맞고 끝나더라도 서찬희를 위해 당당하게 나섰다면 어땠을까. 아니, 최소한 그러는 시늉이라도 해 봤다면. 그랬으면 이 엿같은 자괴감에서 벗어날 수 있었을까.

모르겠다.

이제 나는 두 번 다시 나를 좋아할 수 없을 것 같다.

02 교묘하고 악랄해진 무언가

그사이 양아영은 두 번 더 병실에 왔다. 2주에 한 번 꼴이었다. 올 때마다 새로 쓴 공책을 내밀었다. 선생님이 시키니까 어쩔 수 없이, 라고 토를 다는 건 여전했다.

굳이 그렇게 말하지 않아도 좋아서 오는 게 아니라는 건 한눈에 알 수 있었다. 나는 시큰둥하게 공책을 받아 들고 별다른 말 없이 고개만 까딱했다. 양아영도 내게 뭘 바라는 눈치는 아니었다.

엄마는 이런 고마운 일을 하는 친구가 누군지 궁금해했다. 직접 만나서 인사하고 싶다고. 나는 반장이라 의무적으로 오는 것뿐이니 그럴 필요 없다고 일부러 냉정하게 선을 그었다.

지금 양아영이 엄마와 만나게 된 건 몇 개의 우연이 겹치며 벌어진 불운한 사건이라고밖에 할 수 없다.

"왜 이렇게 일찍 왔냐?"

"개교기념일."

미친놈의 학교. 하필이면 식당 쉴 때, 엄마가 아침부터 와 있던 날 세워질 필요가 있었나?

"누구……?"

"우리 반 반장."

대충 양아영을 소개하자 반색한 엄마가 얼토당토않은 말을 꺼낸다.

"아! 얘기 많이 들었어요. 나중에 따로 인사하고 싶었는데 이렇게 만나네요. 얘가 티는 안 내지만 친구를 엄청 기다리거든요."

"별로 대단한 일도 아닌데요."

양아영이 멋쩍게 웃으며 예의 바른 청소년인 척 엄마의 마음을 사로잡는다.

"별로 대단한 일도 아니니까 생색내지 말고 가라."

파리 쫓듯 손을 팔락이자 양아영은 이 넓은 병원에서 오직 나만 눈치챌 수 있는 무시무시한 표정을 짓는다.

"얘는 여기 두고 어디 가서 맛있는 거라도 먹을래요? 점심 아직 안 먹었죠?"

엄마가 양아영에게 식사를 권한다. 당연히 거절할 거라고 생각했는데 양아영이 염치도 없이 "저야 감사하죠." 하고 넙죽 받아들인다.

나는 분위기 좋게 사라지는 두 사람의 뒷모습을 물끄러미 바라보다가 복도로 나가서 점심밥을 받아 온다.

"왜 그렇게 아영이한테 못되게 구냐? 사춘기?"

식판에 담긴 뭔지 모를 것들을 닥치는 대로 입에 욱여넣고 씹는데 옆에서 박 할아버지 혈압을 재던 수 간호사가 말을 건다. 나는 곧바로 양아영에 대한 나의 굳건한 견해를 피력하고 싶었지만 먹던 거는 마저 삼켜야 했기 때문에 아무 말도 하지 않는다.

그런데 박 할아버지의 식사를 거들던 도도새 아줌마가 슬며시 이쪽을 보더니 "사랑이지, 사랑. 원래 저 나이 때는 그런 거예요." 하고 아득한 목소리로 말을 꺼내서 내 신경을 뒤집어 놓는다. 나는 "그런 거 아니," 거든요! 하고 소리치려다가 씹던 밥알을 몽땅 앞으로 튀긴다. 그러자 박 할아버지가 드러누우며 "오늘 점심은 됐네. 입맛이 없어." 하고 묘한 선언을 한다.

"에이, 지저분하게."

따지고 보면 모든 일의 원흉인 수 간호사가 태연하게 이쪽을 나무란다. 나는 박 할아버지에게 "죄송해요." 하고 사과한다. 박 할아버지는 대꾸하지 않고 이불을 끌어와서 잠을 청한다.

뭘 먹거나 뭔가를 말하거나 어딘가로 움직이는 일이 드문 사람이다. 오랫동안 입원해 있는데도 할아버지에게 문병 오는 사람이 없어서 처음에는 혼자 사시는가 보다 했다. 얼마 지나지 않아

알게 된 바로는 자식이 셋이나 있단다.

가끔 도도새 아줌마가 자녀분 불러 드려요? 하면 박 할아버지는 무서운 표정으로 고개를 저었다. 왜 그러시는 거예요? 언젠가 엄마가 물어보자 도도새 아줌마는 그냥 좀 복잡한 사정이 있어요, 하고 말을 아꼈다.

밥을 다 먹고 빈 식판을 반납하기 위해 복도로 나간다. 마침 산이 누나가 나와 있다. 나는 누나에게 인사하고 같이 카트까지 걸어가서 식판을 올려놓는다. 슬쩍 보니 누나 식판도 내 것처럼 깨끗하다. 그걸로 부족했는지 누나는 아래층에 있는 편의점에 들렀다 오자고 제안한다.

"이제 권투 때려치운 거예요?"

별생각 없이 물었다가 창문 바깥으로 내던져질 뻔한다.

거동이 불편한 환자에게는 간병인이 필요하다. 응급실로 들어와 몇 차례 수술을 받고 입원한 나도 처음 며칠 동안은 엄마와 아빠가 번갈아 가며 그 역할을 맡았다.

우리는 빈자리가 없어서 입원비가 비싼 1인실에 있다가 나중에 4인실로 옮겼는데, 도도새 아줌마를 간병인으로 둔 박 할아버지를 제외하면 이쪽 병실 사람들도 가족이 간병을 하고 있었다.

산이 누나에게는 그런 간병인이 없었다. 누나가 있는 병실에 몇 번 놀러 가면서 자연스럽게 깨달은 사실이다. 수 간호사는 산이 누나가 처음부터 혼자였다고 했다. 얼핏 주워들은 이야기에 따르면 산이 누나에게도 가족은 있었다. 다만 사이가 나빠서 남보다 못한 관계라고 했다.

그러는 동안 산이 누나와 함께 체육관에 다녔던 사람들이 찾아왔고, 그 사람들이 돌아가며 누나의 입원 생활을 도왔다는 걸 알게 되었다. 그러니까 누나에게는 가족보다 체육관 사람들이 훨씬 가까운 존재였다.

그중에서도 수 간호사에게 자신을 산이 누나의 스승이라고 소개한 주찬영이라는 남자가 눈에 띄었다. 명함을 받고 주찬영 관장님, 하고 높이는 수 간호사를 향해 남자는 주 관장이면 됩니다, 하고 멋쩍게 말했다.

나는 주 관장이 산이 누나에게 특별한 마음을 품고 있다는 걸 눈치챘다. 딱히 눈치챘다, 고 말하기가 뭐한데 왜냐하면 본인의 입으로 직접 오산이, 아프지 마라. 니가 아프면 나도 아프다, 라고 엄청난 말을 뱉어서 근처에 있던 사람들을 얼어붙게 했기 때문이다. 평범해 보이는 인상과 달리 충격적인 사람이었다.

산이 누나의 퇴원이 가까워지면서 누나와 친한 병원 사람들은 반쯤 아쉬워하고 반쯤 기뻐하며 누나를 보낼 준비를 했다. 누나의 퇴원 날짜가 정해지고 체육관 사람들의 방문도 뜸해지는가 싶더니, 주 관장이 혼자 병실에 찾아왔다.

"오산이, 내가 왔다!"

병실 문을 열어젖히며 주 관장이 바보처럼 소리쳤을 때 누나는 외출 준비를 마치고 나와 잠시 노닥거리는 중이었다.

"왜 왔어."

"보고 싶어서."

"봤으면 가."

주 관장은 산이 누나의 무정한 대꾸에 아랑곳하지 않고 "에이, 오자마자 섭섭하게." 하며 냉장고 문을 연다. 안에는 한가득 쑤셔 박힌 군것질거리가 균형을 잃고 쏟아져 나오기 직전이다. 황급히 냉장고 문을 틀어막은 주 관장은 들고 온 주스 상자를 얌전히 바닥에 내려놓는다.

"퇴원 후 일정 어떻게 잡을까 해서 잠깐 얘기나 하려고 들렀는데, 어디 나가려고?"

"신경 끄세요."

"또 아이한테 가?"

아이?

산이 누나가 머뭇거리며 대답하지 않자 주 관장이 쓰게 웃는다.

"이제 그만 찾아가도 돼. 저번에 물어보니까 너 지겹다고 오지 말라더라."

"그랬어? 내가 들은 말이랑 좀 다른데?"

"뭐라고 들었는데?"

"오산이한테 깝치지 말래."

그리고 산이 누나는 뒤도 돌아보지 않고 병실 밖으로 나간다. 주 관장은 멋쩍게 목덜미를 쓸고는 산이 누나 침대 위에 앉아 자기가 가지고 온 주스를 꺼내 마신다.

"아이가 누구예요?"

내가 묻자 주스를 한 병 더 꺼내 이쪽으로 내민다. 내가 혐오하는 당근주스다. 나는 당근이 싫다.

"몸은 어때?"

은근슬쩍 내 질문을 넘긴 주 관장이 괜한 안부를 묻는다.

"많이 나아졌어요. 나가서 얘기할까요?"

산이 누나도 없는 남의 병실에 어정쩡하게 있기 뭐해서 주 관장과 함께 밖으로 나온다. 누나가 만나러 간 사람의 정체가 궁금했지만, 왠지 다시 물어도 대답해 주지 않을 것 같다.

나는 내가 입원한 병실에 들어와 주 관장에게 간이침대를 꺼내 주고 자리에 앉는다.

"산이 누나는 모레 퇴원한다면서요?"

들고 있던 당근주스를 슬며시 사물함 위로 밀어 놓으며 입을
연다.

"모레 퇴원이라고?"

"누나가 말 안 했어요?"

"어, 말했지. 지금 기억났어."

낌새를 보니 말해 주지 않은 게 분명하다. 나는 괜한 정보를
쥐여 준 게 아닐까 불안해진다. 산이 누나가 퇴원하는 날 주 관
장이 쳐들어와서 쟤가 알려 줬어! 하고 가리키면 둘러댈 말이
없다.

"산이 누나는 프로가 목표죠?"

"그렇지."

"부럽네요."

"뭐가?"

"누나 재능이."

주 관장은 턱을 쓰다듬으며 미소 짓는다. 뭔가 웃기는 말을 들
었다는 표정이다. 나는 웃기는 말을 한 적이 없기 때문에 "왜요?"
하고 조금 불만스럽게 묻는다. 주 관장은 "이건 비밀인데," 하면
서 말을 꺼낸다.

"오산이는 재능 같은 거 없어."

산이 누나가 들었으면 냅다 주 관장을 걷어찼을 거다. 주 관

장은 다른 사람에게 산이 누나 이야기를 할 수 있다는 게 즐거운 눈치다.

"이제 2년 넘었나? 오산이가 처음 체육관에 온 게 아마 이맘때쯤이었을 거야. 권투 배우고 싶다길래 그러라고 했어. 그때는 얘가 진지하게 배우려고 한다는 생각을 못 했거든. 다이어트 프로그램 권했더니 장난치지 말라고 하더라."

여기까지 말했을 때 수 간호사가 박 할아버지의 수액을 갈아 주기 위해 안으로 들어온다. 주 관장은 수 간호사와 몇 초 정도 짧게 인사를 주고받는다.

주 관장의 말이 계속된다.

"가끔 혼자 벽 치며 연습했대. 자꾸 손목이 나가는데 제대로 치는 법 좀 알려 달라더라. 나는 배우고 싶으면 체육관 등록부터 하라고 했지. 오산이는 1년 치를 선불로 냈어. 관비가 비싸지는 않지만 한꺼번에 내면 금액이 꽤 되거든. 당장 들어갈 돈이 많아서 거절하기 힘들었다. 받고 나니까 살짝 겁나더라고. 도중에 포기해도 환불은 절대 안 해 줄 거라고 못 박았지. 그랬더니 오산이가 뭐라고 한 줄 알아?"

"뭐라고 했는데요?"

주 관장을 재촉한 건 내가 아니라 수 간호사다.

수 간호사는 수액을 갈고 나서도 나가지 않고 주 관장의 이야기를 듣고 있다. 수 간호사 쪽으로 고개를 돌린 주 관장은 듣는 사람이 한 명 늘었다는 걸 알고 뿌듯한 표정을 지으며 말을 잇는다.

"자기는 챔피언이 될 거라고 했죠."

그때 생각이 나는지 주 관장의 입가에 흐뭇한 미소가 걸린다.

"권투는 고통스러운 운동이에요. 사람들이 보는 시합이 다가 아닙니다. 극단적으로 식단을 조절하고, 무지막지한 훈련을 소화하고, 시합 후에는 아픈 몸을 끌어안고서 골골대는 시간도 있죠. 오산이한테 말했어요. 뭘 어떻게 알고 왔는지 모르겠지만 너는 아마추어 선수도 되기 힘들 거라고. 두고 보라면서 이를 갈더군요."

"그래서 어땠어요? 처음 시작했을 때."

"엉망이었지. 아무리 가르쳐도 펀칭 패드 하나 제대로 칠 줄 모르더라. 줄넘기 그럴듯하게 넘기는 것도 한 달 걸렸어. 운동하는 시간보다 삐고 붓고 멍든 상처 케어하는 시간이 더 많았다. 그렇게 할 거면 때려치우라고 수천 번도 넘게 말했을걸."

"그런데도 계속 가르쳤어요?"

"그랬지."

"왜요?"

"오산이가 예뻐서."

수 간호사는 "어머." 하며 입을 가린다. 나는 닭살 돋은 팔뚝을 문지른다.

아니 이게 무슨 개소리야.

"아니 이게 무슨 개소리예요."

"오산이는 포기하지 않았어. 샌드백을 백 번 치라면 백 번 치고 줄넘기를 천 번 넘으라면 천 번 넘었으니까. 재능이고 뭐고 형편없는 녀석인데도 그렇게 조금씩 기어 올라온 거야."

주 관장은 잠깐 틈을 두고 다시 말을 잇는다.

"이제 오산이는 링에 어울리는 선수가 됐다. 나는 오산이를 보면서 그런 생각을 했지. 자기가 있을 자리는 자기가 만드는 기리고. 하지만……."

여기까지 말하고 주 관장은 입을 다문다. 어쩐지 침울한 기색이 느껴지는 침묵이다. 수 간호사와 나는 주 관장의 말이 이어지길 기다린다. 그러나 이야기는 거기서 끝난다.

자기가 있을 자리는 자기가 만드는 거다.

서찬희는 그걸 몰랐다. 처음에는 그래도 버틸 만한 수준이었을 거다. 지나가면서 어깨나 머리를 치고 발을 걸거나 책상을 밀고 의자를 넘어뜨리는 정도. 아이들은 고의가 아니었다며 사과했다. 서찬희는 그 말을 믿었다.

물건을 빌려가서 안 돌려주는 일이 많았다. 서찬희는 없어진 체육복, 없어진 교과서, 없어진 볼펜과 없어진 공책 때문에 자주 마음을 졸였다. 그런데도 본인은 그냥 상황이 좋지 않을 뿐이라고 여기는 듯했다. 옆에서 보면 뻔한 일이었는데 스스로가 그렇게 생각하니 어쩔 도리가 없었다.

괴롭힘이 본격적인 폭력으로 이어지게 된 계기가 있다. 운동부의 덩치 큰 안승범과 얽힌 게 시작이었다. 서찬희는 복도에서 눈이 마주쳤다는 말도 안 되는 이유로 안승범에게 뒷덜미를 잡혔다.

두 사람은 함께 교무실로 불려 갔고 각자 반성문을 다섯 장씩 써서 냈다. 일방적으로 건 시비였는데도 선생님들은 양쪽에 동등한 잘못이 있는 것처럼 취급했다.

서찬희는 어른들이 부당한 상황을 해결해 줄 거라는 막연한 기대를 품고 자세한 경위를 적었다. 그러나 아무도 서찬희가 쓴 반성문을 주의 깊게 읽어 보지 않았다.

니들 나이에는 원래 사소한 걸로 싸우고 화해하고 그러는 거야. 둘이 악수해. 어쩔 줄 몰라 하는 담임을 대신해 사건을 해결하겠다며 나선 체육 선생이 억지로 악수를 시켰다. 체육은 운동부 담당 교사이기도 해서, 대회 앞두고 무슨 짓이야 이 자식아, 하고 안승범에게 퍽 친근하게 굴었다.

미안해. 서찬희는 본인이 들었어야 할 사과를 건넸다. 안승범은 아무 말도 하지 않았다.

서찬희는 안승범 몰래 체육에게 항의했다. 체육은 운동하는 놈들 성질머리가 원래 그렇잖냐, 학교 명예가 달린 일이기도 하니까 니가 이해해라, 하면서 위로하듯 서찬희의 어깨를 두드렸다.

학교의 전폭적인 지지를 등에 업고 시합에 나간 안승범은 출중한 기량을 뽐내며 준결승까지 올랐다가 아깝게 패했다. 이어지는 3, 4위전에서는 가볍게 승리를 거머쥐었다고 들었다.

안승범이 따낸 동메달 소식이 실린 지역 신문 3면은 학교의 자랑거리가 되어 복도 한가운데 스크랩되었다. 아마 지금 학교에 돌아가도 벽에 붙은 그 빌어먹을 기사를 볼 수 있을 것이다.

이런 때를 위해 마련된 학교 상담실 앞에는 문은 언제나 열려 있습니다, 라는 문구가 적혀 있다. 서찬희가 그런 곳에 도움을 청하지 못한 이유는 짐작하고도 남는다.

학기 초에 뭘 잘 모르고 상담실을 이용한 몇몇 아이들에 대한 소문이 빠르게 퍼졌던 걸 기억한다. 그러니까 이런 식이었다. 맞은 아이가 상담을 요청하면 얼마 지나지 않아 학교에서는 때린 녀석을 불러다가 열심히 설교한다. 그러면 굳이 말해 주지 않아도 누가 누구를 일러바쳤는지, 누가 또래의 암묵적인 연합을 배신하고서 비겁하게 어른의 도움을 구했는지 알 수 있게 된다.

한동안은 교실이 텅 빈 듯 아무 일도 일어나지 않는다. 그러나 곧, 전보다 교묘하고 악랄해진 무언가가 빈 자리를 메운다.

달라지는 건 아무것도 없다. 너무 늦기 전에 이쪽이 그렇게 만만한 놈이 아니라는 걸 보여 줬어야 했다. 처음부터 확실하게 행동했다면 이런 일은 벌어지지 않았을 거다.

하지만 서찬희는 그럴 용기가 손톱만큼도 없었다. 안승범 같은 새끼들은 그걸 잘 알았다.

세상이 너희를 기억할 거야.

서찬희가 말했다.

여기에 니들 이름 다 적었어. 내가 죽으면 악귀든 뭐든 돼서 너네 모두 죽을 때까지 괴롭혀 줄게.

그러나 죽은 사람은 죽은 사람일 뿐이다.

목숨 바쳐서 이루어지는 복수 같은 건 존재하지 않는다. 죽음은 잊혀지기 때문이다. 갑작스럽게 없던 양심이 생겨 후회하는 사람보다는 아무 처벌도 받지 않고 개운하게 잊는 사람이 압도적으로 많다.

응급실에서 눈을 떴을 때 너무 아파서 숨이 잘 쉬어지지 않았다. 호흡기에 입을 대고 가까스로 숨을 들이마시며 엄마 아빠의 무너진 목소리를 들었다.

삶은 유서에 적힌 죽은 사람의 몇 마디보다 무겁고 뻔뻔한 것이다. 나는 서찬희처럼 가만히 앉아서 상황이 나아지기만 바라지는 않을 거다.

03 스스로가 견뎌야 할 몫

산이 누나가 퇴원하면서 병원이 조금 심심해졌다. 주 관장은 누나가 퇴원하는 날 다시 와서 내게 마시지도 않을 당근주스를 한 상자 선물해 주고 갔다. 다행히 내가 알려 줘서 왔다는 고자질은 하지 않았다.

우리 병실도 사람이 몇 번 바뀌었다. 마지막으로 들어온 사람은 말수가 적은 50대 남자였다. 무슨 병인지 밤새도록 기침해서 도도새 아줌마를 완전히 미치게 만들었다. 환자가 아파서 기침 좀 하겠다는데 말릴 수도 없는 노릇이었다.

심심할 때마다 그림을 그리는 도도새 아줌마는 병원 사람들을 적당히 의인화한 새로 표현하는 취미가 있었다. 산이 누나는 화난 닭, 수 간호사는 부지런한 까마귀, 박 할아버지는 느긋한 독수리, 뭐 이런 식으로.

도도새 아줌마의 밤잠을 설치게 만든 기침 쏟는 남자는 지친 부엉이였다. 한눈에 부엉이가 떠오르는 인상은 아니었지만 그림을 보니 썩 잘 어울린다는 생각이 들었다.

지친 부엉이 아저씨 옆에는 마찬가지로 지친 부엉이 아줌마가 간병인으로 붙었다. 부엉이 아줌마는 2인실에서 내가 있는 병실로 옮겨 오며 잘 부탁드려요, 라고 한마디 한 게 전부다. 남편처럼 말수가 적은 아줌마였다. 이따금 서로 뭐라고 조곤조곤 주고받는 일은 있었지만 좀처럼 병실 사람들과 말을 섞지 않았다.

지친 부엉이 부부가 온 뒤로 병실 분위기는 많이 가라앉았다. 따지고 보면 그동안이 유난스러웠던 거지 이게 원래 병원의 모습일 것이다.

시간이 흐르면서 나도 조금씩 몸이 좋아졌다. 처음에는 제대로 쥐어지지 않던 주먹도 가볍게 쥘 수 있게 됐고, 부서질 것처럼 삐걱거리던 다리도 천천히 뛸 수 있을 만큼 호전됐다.

재활 훈련 프로그램은 익숙해질 만하면 교체돼서 항상 힘들었다. 이유를 묻자 담당 의사는 몸에 골고루 자극을 주기 위해서라고 설명했다. 하루라도 빨리 퇴원하려면 열심히 몸을 움직이는 수밖에 없었다.

도도새 아줌마에게 웬 남자가 찾아온 건 산이 누나가 퇴원한 날로부터 한 달쯤 지난 뒤였다.

말도 없이 문을 벌컥 열고 들어온 남자가 도도새 아줌마 앞에 선다. 키가 훤칠하고 이목구비가 뚜렷한 중년이다. 도도새 아줌마는 하얗게 질린 얼굴로 남자를 본다.

"어떻게?"

도도새 아줌마가 묻는다. 남자는 "나가서 얘기합시다." 하고는 도도새 아줌마의 손목을 강제로 잡아끌다시피 해서 밖으로 나간다. 도도새 아줌마의 간병을 오랫동안 받아 온 박 할아버지는 몸을 움직여서 말릴 기색도, 누군가에게 도움을 청할 생각도 없어 보인다.

"무슨 일이에요?" 하고 묻자 "몰라." 하며 고개를 젓는다. 너무 매끄러운 대답이라 거짓말이라는 걸 직감한다. 산이 누나였다면 적극적으로 나서서 사태를 파악했겠지만, 누나만큼 수완이 좋지 못한 나는 그냥 침대 위에 앉아 양아영이 던지고 간 공책을 뒤적이며 시간만 보낼 뿐이다.

도도새 아줌마는 한참 동안 돌아오지 않는다. 화장실 가는 척 밖으로 나와 찾아보니 휴게실에서 남자와 마주 앉아 심각한 얼굴로 뭔가 대화하는 중이다. 남자가 가방에서 서류 같은 걸 꺼내 도도새 아줌마에게 건넨다.

"난 못 해."

도도새 아줌마가 주눅 든 목소리로 말한다.

"해 보지도 않고 어떻게 알아." 남자가 말한다. "천천히 해 나가면 돼."

도도새 아줌마는 양손에 얼굴을 파묻고 고개를 숙인다. 길고 무거운 한숨이 손바닥 사이로 흘러나온다.

"재밌어?"

나는 엿보던 자세 그대로 펄쩍 뛰어오른다. 어느 틈에 뒤로 다가온 수 간호사가 침대 시트를 양손에 가득 받쳐 안고 이쪽을 물끄러미 보고 있다.

"그냥, 걱정돼서. 이런 적이 없잖아요. 그러니까, 아줌마가."

구구절절 변명하면서 뒷머리를 긁는다. 못된 짓을 하다가 들킨 기분이다. 수 간호사는 걸리적거린다는 듯 턱짓하며 입을 연다.

"옆으로 비켜 봐."

"저한테 몇 개 주세요. 쏟아질 거 같은데."

나는 수 간호사가 든 침대 시트를 절반 건네받는다. 수 간호사는 시선을 보내는 도도새 아줌마에게 눈인사를 한 뒤 내 등을 떠밀며 린넨실로 걸음을 옮긴다.

"무슨 일이에요? 누나는 아시죠?"

린넨실에 가득 쌓인 바구니 위로 솜씨 좋게 침대 시트를 올려놓은 수 간호사가 손을 털며 입을 연다.

"무슨 일이든 간에 그건 김삼순 아주머니 일이지. 남의 개인사를 알아서 뭐 하게?"

김삼순 아주머니가 누구지? 느닷없이 튀어나온 낯선 이름에 잠깐 헤맨다.

수 간호사는 내가 든 침대 시트도 하나씩 걷어서 바구니 위에 쌓는다. 지나가던 당직 간호사 한 명이 안으로 얼굴을 불쑥 들이밀며 "야! 제대로 안 개어 놔?" 하고 날카롭게 쏘아붙이다가 뒤늦게 환자복 입은 나를 발견한다.

"이따 얘기해."

엄포를 놓은 간호사가 시야에서 사라지자 묘한 정적이 깔린다. 머쓱한 기분으로 내가 먼저 입을 연다.

"저런 사람은 학교에만 있는 줄 알았는데."

"어디를 가도 있지."

수 간호사는 먼지 묻은 옷을 털듯 대수롭지 않은 투로 대꾸하고는 린넨실 밖으로 걸음을 옮긴다.

"저 아저씨는 누구예요? 그것도 개인사라서 못 알려 줘요?"

수 간호사의 뒤를 따라 걸으며 나는 다시 도도새 아줌마의 일로 화제를 돌린다. 수 간호사는 다른 생각에 잠겨 있었는지 "뭐?" 하고 다소 얼빠진 목소리로 되묻는다.

"휴게실에 있는 사람은 누구냐고요."

"그것도 모르면서 걱정이 된다 어쩐다 했어?"

"모르니까 걱정이죠."

수 간호사는 "어? 그런가?" 하고 애매하게 수긍한다.

병실로 돌아가며 자연스럽게 휴게실 앞을 지난다. 남자는 여전히 진지하게 뭔가 말하는 중이고 도도새 아줌마는 고개를 숙인 채 손가락을 만지작거리며 듣고 있다.

"아주머니 남편이야."

수 간호사가 말한다. 나는 조금 놀라서 수 간호사를 본다.

"남편이라고요? 그렇게 보이지 않는데."

"가족이라고 꼭 가깝게 지내는 건 아니니까. 궁금하면 아주머니한테 직접 물어봐. 난 이만 가야겠다. 도와줘서 고마워."

바쁘게 움직이는 수 간호사와 헤어지고 병실로 돌아온다.

아무도 입을 열지 않는 병실 안은 부엉이 아저씨의 기침과 신음만으로 가득하다. 부엉이 아줌마가 회진 나온 담당 의사와 환자의 진통제 양을 늘릴지 말지 조용히 의견을 나눈다.

나는 몸을 쭉 뻗고 누워 양아영의 공책을 들여다본다. 지난번에 가져다준 것만 벌써 다섯 번은 읽었다. 2주 간격으로 어김없이 찾아오던 양아영이 어찌 된 일인지 이번 주에는 아무 소식이 없다.

바쁜 거겠지, 하고 엄마는 대수롭지 않게 넘겼다. 기를 쓰고 아니라더니 역시 기다리는구나? 나는 엄마의 질문에 정색하며 손을 저었다.

그냥 조금 궁금한 거다. 별 뜻은 없고.

시간이 느리게 흐르는 병실 안에서는 온갖 잡스러운 생각이 떠오르기 마련이다. 변변찮은 내 인생의 굴곡은 대부분 달려오는 트럭에 몸을 던지기 전후로 한정된다. 가만히 있으면 어쩔 수 없이 돌이키고 싶지 않은 기억을 곱씹게 되고 만다.

그럴 때마다 나는 양아영을 생각했다. 양아영은 온통 지우고 싶은 교실 안의 풍경 속에서 유일하게 내가 지울 필요가 없는 대상이었다.

왜?

노트를 잘 써서? 예쁘니까?

나는 양아영이 싫었다. 아니, 좀 더 정확하게 말하면 학교의 모든 인간이 싫었다.

때리거나, 맞거나, 지켜보거나.

안승범 패거리가 시시덕거리며 서찬희가 앉은 책상 주변을 배회할 때 나는 다른 아이들의 눈에서 폭력에 대한 혐오와 공포, 회의를 보았다. 누구라도 그런 상황이 되면 직접 나서지는 못하더라도 가해자를 꺼리는 마음은 있을 것이다.

그러나 나는 다른 것도 보았다.

약한 사람을 향한 동정. 자신은 거기에 속하지 않는다는 안도.

그리고 곧 벌어질 사태에 대한 기대.

그냥 친구끼리 노는 건데요.

담임은 안승범의 말을 믿었다. 담임의 순진한 믿음 아래에는 자기가 감당할 수 없는 일을 받아들이고 싶지 않은 비겁함이 깔려 있는 게 분명했다.

나는 한 번도 양아영을 보지 못했다. 안승범 패거리가 꼬이면 어느새 보이지 않았다. 튀는 오물을 피하듯, 추한 꼴을 외면하듯, 양아영은 언제나 자리를 비웠다. 생각해 보면 그런 애가 준 공책을 닳도록 들여다보고 있는 것도 웃기는 짓이다. 나는 도저히 양아영을 편하게 대할 수 없었다.

그때 넌 어디서 뭐 했어?

이렇게 묻고 싶다. 그래서 속 시원하게 양아영을 마음에서 밀어 내고 싶다. 그러나 어찌 된 건지 그럴 수가 없었다.

이상한 일이다.

한밤중에, 억눌린 울음소리를 듣고 소스라치며 눈을 뜬다. 잠이 뺏어 간 감각이 느리게 돌아오고 나서도 소리가 끊어지지 않아 여전히 악몽인가 싶다. 슬며시 고개를 들고 소리의 근원지를 찾는다. 베개에 머리를 묻고 몸을 떠는 도도새 아줌마의 뒷모습이 보인다.

묵묵히 침대에 기대앉은 박 할아버지는 내가 일어난 기척을 느꼈는지 이쪽을 보고 작게 고개를 젓는다. 나는 할아버지의 뜻을 파악하고 가만히 누워서 도도새 아줌마의 울음이 그치기를 기다린다.

병원은 바깥세상과 단절된 하나의 작은 세계다. 이 작은 세계의 사람들은 좋든 싫든 일상에서 떨어져 나와 일정 기간의 유예 판정을 받고 이곳에서 치유의 시간을 보낸다. 삶을 마감하기 위해 병원을 찾는 사람은 존재하지 않는다. 우리는 모두 언젠가 다시 일어서서 밖으로 나가기 위해 이곳에 잠시 머무르는 외지인이다.

산이 누나가 그랬던 것처럼 나 역시 때가 되면 학교로, 내가 있어야 할 장소로 돌아가야 한다. 부엉이 부부도, 박 할아버지도, 그리고 어쩌면 간병인인 도도새 아줌마도 마찬가지다.

원하는 만큼 머무르는 사람이 있고 그렇지 않은 사람이 있다. 어느 쪽이든 준비를 해야 한다. 오랜 시간 동안 이곳에 있던 도도새 아줌마에게는 어떤 준비가 필요한 걸까. 아줌마가 우는 소리를 들으며 그런 생각을 한다.

"전 못 해요."

잠시 뒤에 눈가를 닦으며 몸을 일으킨 도도새 아줌마가 입을 연다. 휴게실에서 들었던 것과 같은 말이다.

"전에 저한테 그러셨죠. 시간을 두고 생각해 보라고. 근데 아무리 생각해도 모르겠어요."

박 할아버지는 대답하지 않는다. 도도새 아줌마가 다시 말한다.

"자신이 없어요."

어떤 순간이 닥쳐오더라도 결국에는 스스로가 견뎌야 할 몫이다. 물에 빠진 사람이 손을 뻗어 지푸라기를 붙잡을 수는 있어도, 이쪽으로 와서 잡혀 주는 지푸라기는 없는 것이다. 그게 비록 지푸라기라고 해도.

이불을 목까지 끌어당긴 후 천장을 바라보며 생각에 잠긴다. 교실에서 내가 가장 절실하게 원했던 건 알량한 위로의 말이 아니라 탱크였다. 탱크를 코앞에 두고도 무례한 사람은 없으니까.

대화로는 아무것도 해결하지 못한다. 시도를 해 보지 않은 것도 아니다. 애들은 싸우면서 크는 거지. 어른들은 메아리처럼 공허한 말을 반복한다. 그게 그럴듯하게 들리던 시대가 있었을지도 모른다. 지금은 그냥 좆같은 소리에 불과할 뿐이다.

교실은 약자와 강자가 분명하게 갈리는 난장판이지만 아무도 솔직하게 그렇다고 말하지 않는다. 주먹을 얼마나 잘 쓰는가. 성적을 얼마나 잘 받는가. 얼굴이 얼마나 잘났는가. 말을 얼마나 잘하는가. 모든 기준에 서열이 있다.

나는 서찬희를 이해하고 싶었다. 그러나 그건 불가능한 일이었다. 빌까. 애원할까. 하루에도 몇 번이나 뭉개진 자존감으로 교실 문턱을 밟았을 거다. 왜 서찬희는 시도조차 해 보지 않았을까. 나라면 벽돌이라도 싸 들고 와서 몰래 후려쳤을 텐데.

그러나 서찬희는 끝내 죽이는 것보다 죽는 게 더 편한 자식이었다. 그래서 그런 짓을 한 거다. 온통 깨진 유리로 가득한 벌판 위를 맨발로 걷다가 낭떠러지를 발견한 사람처럼, 미련 없이. 홀가분하게.

이틀 뒤 도도새 아줌마가 일을 그만뒀다. 갑작스럽게 나가서 인사를 주고받지도 못했다. 아래층에서 재활 훈련을 받고 올라오니 자리에 없었다.

"어떻게 된 거예요?" 박 할아버지에게 물어보자 "관뒀어." 하는 성의 없는 대답이 돌아왔다.

늦은 시간에 병원에 들른 엄마는 도도새 아줌마가 말도 없이 사라진 게 못내 서운한 듯했다. 나는 그럴 만한 사정이 있었을 거라고 엄마를 다독였지만 구체적으로 그게 무슨 사정인지는 말하지 못했다. 환자들의 상태를 살펴보기 위해 병실에 들어온 수 간호사는 "잘된 거예요." 하고 혼잣말하듯 짧게 중얼거렸다. 박 할아버지는 긍정도 부정도 하지 않았다.

양아영은 그다음 날 정오를 지나서 찾아왔다. 평소보다 며칠 늦은 방문이었다.

나는 양아영이 와도 크게 신경 쓰지 않았던 것처럼 굴겠다고 무던히 다짐했지만, 결국 "왜 늦었냐?" 하고 묻고 만다. 공책을 꺼내 사물함 위에 올려놓던 양아영은 "왜? 기다리기라도 했어?" 하고 뻔뻔스럽게 되묻는다.

나는 뜨거워지는 얼굴을 감추려고 고개를 돌린다.

"기다렸지. 너 말고 노트. 제대로 복학하려면 필요하니까."

"여유가 없었어. 시험 치느라."

양아영이 간이침대 위에 털썩 앉으며 대답한다.

"시험?"

"중간고사. 내가 너처럼 한가한 줄 알아?"

"물론 바쁘시겠죠."

"시험 끝나고 바로 온 거야. 고마워해."

"억지로 오는 애한테 고마운 마음 없거든."

딱히 빈정거릴 의도는 없다. 그냥 뱉은 말이다. 그런데도 양아영은 입을 다물고 화난 표정을 짓는다. 새삼스럽게 그거 가지고 삐치다니. 나는 뭐라고 말하면 좋을지 몰라 입술을 달싹이나가 그냥 아무 말도 하지 않는다.

잠시 후 양아영이 "갈게." 하며 자리에서 일어선다. 적막한 병실 안에 너무 오래 있어서 그런가. 목구멍까지 올라온 벌써 가냐, 는 말을 억지로 삼키고 이렇게 말한다.

"멀리 안 간다."

"언제는 나왔니?" 하고 쏘아붙인 양아영은 문을 열고 나가다가 마침 들어오는 수 간호사와 마주친다. 수 간호사는 옆구리에 낀 환자 차트를 빼 들면서 양아영에게 "벌써 가?" 하고 묻는다. 수 간호사의 참견이 반가울 때가 있다니 별일이다.

"가서 쉬려고요. 시험이 오늘 끝났거든요."

수 간호사는 환자들의 활력 징후를 확인하고 차트에 기록하면서 입을 연다.

"잘 봤어?"

"공부한 만큼은 봤어요."

"잘 봤다는 거네? 그럼 축하의 의미로 언니가 한턱 쏠까?"

양아영은 이런 제의는 절대 거절하지 않는다.

"그럴까요?"

양아영이 가지고 온 공책을 훑어보는 척하며 상황을 살피던 나는 "안 가냐?" 하고 약간 누그러진 투로 묻는다. 양아영은 "무슨 상관?" 하고 대꾸하고는 간이침대 위에 도로 앉는다.

"밥 안 먹었지? 근처에 괜찮은 식당 많아. 좀 이따 교대하니까 잠깐만 기다려."

수 간호사는 차트를 도로 옆구리에 끼고 밖으로 나간다. 양아영과 나는 서로 아무 말도 하지 않고 어색하게 앉아 있다.

"오늘은 어머니가 안 계시네."

깔고 앉은 매트리스를 긁적이며 양아영이 우물거린다.

"우리 엄마지 니네 엄마냐. 그거 긁지 마. 찢어진다."

나는 괜히 퉁명스럽게 내뱉는다.

"알았어."

평소처럼 한마디 할 줄 알았는데 양아영이 의외로 순순히 손을 뗀다. 전투 준비를 하고 있던 나는 살짝 민망해진다.

조금 뒤에 양아영이 묻는다.

"학교 언제 나와?"

"몰라."

정말 모른다. 어쨌든 돌아가겠지만 구체적인 날짜까지 정해 두지는 않았으니까.

머뭇거리던 양아영이 다시 입을 연다.

"너무 미워하지 않았으면 좋겠어."

"미워해? 누가 누굴?"

"너."

"나?"

"강준혁."

나는 눈을 치켜뜨고 양아영을 본다. 양아영의 입에서 나올 거라고는 생각조차 해 보지 않았던 이름이다.

"내가 이런 말 할 자격이 있는지는 모르겠어. 그래도,"

"맞아. 너는 자격 없어."

나는 양아영의 말을 끊는다.

"강준혁. 씨발, 이름만 들어도 구역질 난다."

"그런 식으로 말하지 마."

양아영이 말한다. 실망스럽다. 양아영을 좋게 여기는 건 아니지만 강준혁 같은 새끼를 두둔할 애라고는 생각하지 않았으니까. 내가 입원해 있는 동안 강준혁이랑 사귀기라도 했나?

빈정거리고 싶은 욕구를 가까스로 참아 내며 고개를 돌린다. 창밖에는 이제 막 찾아온 오후의 쨍한 햇살이 떨어지고 있다.

"넌 아무것도 몰라."

양아영이 말한다. 나는 대꾸하지 않는다. 거북한 침묵이 병실 안에 내려앉는다. 갑자기 얘가 왜 이러는지 모르겠다.

아무것도 모르는 건 너잖아. 그러나 내가 입을 열기 전에 수 간호사가 먼저 문을 열고 "됐다." 하며 들이닥친다. 양아영은 별다른 말 없이 수 간호사와 함께 밖으로 나간다.

"우리가 니 몫까지 열심히 먹어 줄게."

나가면서 수 간호사가 약을 올린다. 나는 받아칠 타이밍을 놓치고 멍청하게 앉아 있다.

양아영이 뱉은 말의 의미를 곰곰이 생각한다. 강준혁이 어떤 식으로 양아영과 얽혔는지 모를 일이다.

찜찜한 기분으로 공책을 펼친다. 뒷장에는 어김없이 양아영의 번호가 박혀 있다. 처음에 한 번 썼으면 됐지 가져오는 공책마다 보란 듯이 자기 번호를 적어 놓다니 웃기는 애다.

공책을 덮고 침대에 눕는다. 살짝 열린 창문 틈으로 스산한 바람 소리가 울음처럼 들려온다. 잠시 그렇게 누워 있다가 일어나서 창문을 닫는다.

04 공기처럼 부유하는 인간

 영원히 끝나지 않을 것 같던 병실 생활도 마무리 지어야 할 때가 왔다. 나는 지긋지긋한 환자복을 벗고 엄마가 가져온 티셔츠와 청바지로 갈아입는다. 퇴원 절차는 비교적 간단해서 보험 처리에 필요한 서류 몇 장만 떼면 그걸로 끝이다.

 처음 실려 왔을 때 입었던 교복은 피가 너무 많이 묻어서 입을 수 없었다. 그래도 일단은 환자 개인 물품으로 분류되어 비닐 백에 보관 중이었다. 나는 아직도 끈적이는 검붉은 교복을 버리지 않고 챙긴다.

 "그건 왜?"

 엄마가 내키지 않는 표정으로 묻는다. 나는 비닐 백을 가방 안에 쑤셔 넣으며 "아깝잖아. 비싼 건데." 하고 둘러댄다.

 퇴원하기 전에 몇 가지 주의사항을 전달한 의사는 일주일에 세 번 병원에 들러 물리치료를 받으라고 당부한다. "안 하면 큰일 나요?" 하고 물었더니 "큰일은 안 나지만 회복이 더뎌지지."라는 대답이 돌아왔다.

나는 큰일은 안 나지만, 에 중점을 뒀는데 엄마는 회복이 더뎌지지, 라는 부분이 인상적이었던 모양이다. 결국 우리는 일주일에 한 번 치료받는 걸로 합의한다.

마지막으로 병실에 들러 사람들에게 인사하는데 박 할아버지가 대뜸 내게 악수를 청한다. 방심하고 손을 잡았다가 하마터면 손가락이 몽땅 으스러질 뻔한다.

할아버지는 뚫어져라 이쪽을 보면서 "스스로 얻어야 해." 하고 알쏭달쏭한 말을 건넨다. 나는 아픈 손을 쥐었다 펴면서 "건강하세요." 하고 고개를 숙인다.

그러는 동안 엄마는 냉장고에 넣어 놓았던 것들을 미리 준비해 온 종이 가방 안에 담는다. 나는 주 관장이 선물한 당근주스를 놓고 엄마와 가볍게 말다툼한다.

"가져가도 안 마셔. 두고 가."

"두고 가면 이걸 누가 치우니?"

"목마른 사람이 마시겠지."

"고집부리지 마라. 애도 아니고."

"애거든."

엄마는 그러거나 말거나 내 손에 주스 상자를 넘김으로써 상황을 종료시킨다. 자식 이기는 부모 없다고 누가 그랬는지 모르겠다.

복도로 나오자 간호 스테이션에 있던 수 간호사가 퇴원 선물이라며 웬 티켓을 한 장 내민다. 날짜가 아직 두 달 정도 남은 관람권이다.

"이게 뭐예요?" 내가 묻자 수 간호사는 "산이가 전해 달래."라며 웃는다.

아마추어 복싱 결승.

"누나가 벌써 결승까지 갔대요?"

표에 박힌 글자를 읽으며 묻는다. 시에서 주관하는 대회다. 장소는 시민스포츠센터. 빌어먹을 안승범이 동메달을 목에 걸고 학교의 명예를 드높인 곳이다.

"그거 아직 시작도 안 했대."

수 간호사가 대답한다. 나는 어이가 없어서 웃는다. 사람은 이런 식으로 잘난 척할 수도 있는 것이다.

병원 문턱을 밟으며 엄마가 활짝 웃는다. 잘못되면 어떡하나 밤낮으로 걱정했는데 이렇게 나아서 돌아가는 게 기쁘다면서. 아직 왼손 검지가 완전히 펴지지 않고 걸을 때마다 허리가 지랄같이 쑤셨지만 나는 잠자코 고개를 끄덕인다. 그 정도 눈치는 있다.

우리 집은 거실에 방이 두 개 딸린, 세 식구가 살기에 그럭저럭 넉넉한 공간이다. 오랜만에 들어선 그 넉넉한 공간은 기억하고 있던 것과 미묘하게 달라 보인다. 뭐가 다르다고 꼬집어 말할 수 없지만 아무튼 기분이 이상하다.

가지고 온 짐을 풀고 약국에서 받은 약봉지를 책상 위에 올린다.

"학교는 어떻게 할 거야?"

뭘 봤는지 손가방에서 물티슈를 꺼내 들고 다가오며 엄마가 묻는다.

잊고 있었는데 엄마는 언제 어디서든 내 얼굴을 닦을 준비가 되어 있는 사람이다. 어쩐지 그립기도 해서 잠자코 엄마의 손길을 받아 낸다. 한 가지 더 잊고 있던 건 엄마의 물티슈 세례를 받으면 얼굴이 얼마쯤 뜯겨져 나간다는 사실이다.

"엄마, 나 퇴원한 지 이제 한 시간 지났어."

"생각할 시간 많았잖아. 귀여운 반 친구를 위해서라도 일찍 돌아가는 게 낫지 않아?"

엄마가 묻는다 대뜸 양아영이 떠올라서 나는 깜짝 놀란다. 엄마도 물론 양아영을 말한 거겠지만 그렇다고 이렇게 바로 생각날 줄은 몰랐다.

"아직 생각 안 해 봤어."

내가 대답한다. 엄마는 "그래. 급한 거 아니니까." 하고 대꾸하며 식당에 나갈 채비를 한다.

숨 돌릴 틈 없이 다시 일하러 나가는 엄마를 보니 마음이 편치 않다. 그러나 한편으로, 이제부터 이것저것 알아보고 행동하려면 엄마의 눈길이 닿지 않는 편이 낫겠다는 생각도 든다.

"아무거나 주워 먹지 말고 냉장고에 반찬 있으니까 밥통에 밥이랑 해서 먹어. 밥 먹은 다음 약도 꼭 챙겨 먹고. 엄마 아빠는 늦을 거야. 괜히 안 자고 기다리지 마."

엄마는 한 걸음 발을 뗄 때마다 새로운 걱정거리가 떠오르는지 끝도 없이 잔소리를 쏟아 내며 현관 밖으로 나간다. 나는 일일이 "알아요." "응." "알았어." 하고 대꾸하며 못 미더운 표정을 짓는 엄마를 배웅한다.

엄마가 나간 후 컴퓨터 앞에 앉는다. 내가 입원해 있던 지난 5개월 동안 세상은 전에도 그랬던 것처럼 아무 특별한 일이 벌어지지 않았다. 여전히 다치고 죽고 병든 사람들의 이야기가 가득하다.

나는 거기서 짤막한 기사를 찾아낸다. 언제 어디서 어쨌다더라. 기계적으로 서술된 서찬희의 마지막은 실제로 벌어진 일처럼 느껴지지 않는다. 부실하게 설치된 학교 옥상 난간이 불러온 참상. 경찰에서는 자세한 경위를 조사 중이다. 기타 등등, 기타 등등.

기사를 닫고 학교 홈페이지에 들어간다. 얼마 전에 끝난 중간 고사 문제 풀이나 곧 있을 행사 소식 따위의 공지사항이 몇 개 올라와 있을 뿐 서찬희가 당한 사고와 관련된 글은 없다. 몇 페이지 넘기며 빠르게 훑다가 올해 하반기 태권도 시합 일정이 잡혔다는 소식에서 멈춘다. 장소는 시민스포츠센터. 날짜는 아마추어 복싱 결승이 끝난 직후다.

컴퓨터를 끄고 자리에서 일어나 창가로 걸어간다. 가을의 짧은 해가 벌써 기우는 중이다. 한숨과 함께 이런저런 생각을 토해 내다가 집 밖으로 나온다. 그리고 무작정 걷기 시작한다.

아무렇게나 지어진 건물 사이로 유난히 비좁게 깔린 골목을 빠져나온다. 머릿속이 꼬인 실타래처럼 엉망이다. 한참 동안 정신없이 걷다가 고개를 들자 시내에 있는 대형 서점 간판이 눈에 들어온다.

나는 책 읽는 걸 좋아하지 않는다. 하지만 제대로 된 정보를 얻으려면 난잡한 인터넷 공간이 아니라 서점을 통하는 게 훨씬 효과적일 것 같다.

서점 안으로 들어가 필요한 책을 찾아 걸음을 옮긴다. 반 친구를 효과적으로 패는 방법, 같이 노골적인 제목의 책은 보이지 않는다. 다만 똑같은 말을 최대한 에둘러서 표현한 책은 몇 권

보인다.

100가지 호신술.

이렇게 하면 나를 지킬 수 있다.

속성 신체 단련법.

몇 개 빼서 읽어 봤지만 실망스럽게도 마음에 와닿는 게 없다. 어떤 건 말이 안 되고 어떤 건 내 능력을 벗어나고.

읽던 걸 집어넣고 기초 권투, 라고 쓰인 책을 꺼낸다. 자연스럽게 산이 누나가 떠오른다. 권투의 기본은 잽과 스트레이트. 왼손으로 가볍게 치고 오른손으로 무겁게 한 방 내지르는 동작입니다. 아래의 그림을 참고하세요.

이 정도는 권투의 문외한인 나도 아는 상식이다. 하지만 책이 설명하는 대로 몸을 움직이니 생각처럼 그럴듯하게 주먹이 나가지 않는다.

"뭐 하냐?"

화들짝 놀라 책을 뒤로 감춘다. 가능하면 평생 동안 우연하게라도 마주치지 않길 바라는 인간이 앞에 서 있다.

"신경 꺼."

강준혁이 입꼬리를 올리고 소리 없이 웃는다.

"그걸로 뭐, 복수라도 하시려고? 영화 찍어?"

강준혁이 언제부터 날 봤는지 모르겠지만 이대로 책을 감추고 있는 것도 바보 같은 짓이다. 나는 손에 쥔 책을 진열대 위에 올려놓는다. 강준혁은 책의 제목을 확인하고 어처구니없다는 듯 고개를 젓는다.

"이딴 걸로 뭐가 될 거 같냐, 병신 새끼야?"

나는 아무 말도 하지 않는다. 잠자코 버티면 알아서 꺼져 줄 거라고 생각했는데 강준혁은 움직일 기색이 없다.

1분쯤 지났을까. 책을 집어 들고 먼저 몸을 돌린 쪽은 나다. 이대로 강준혁을 무시한 채 입구까지 걸어갈 생각이었다.

"아무것도 하지 마."

강준혁이 등 뒤에서 말한다.

"앞으로도 계속, 아무것도 하지 말고 살아."

고개를 돌려서 강준혁을 본다. 할 수만 있다면 당장 뛰어가서 저 면상에 스트레이트를 날리고 싶다.

"하나만 물어보자."

잠겨 들어가는 목을 가다듬고 입을 연다.

"서찬희한테 미안하지 않아?"

강준혁은 무슨 이야기를 하는지 모르겠다는 표정을 짓는다.

"글쎄? 내가 서찬희를 괴롭힌 건 아니잖아?"

손에 쥔 책이 사정없이 구겨진다. 강준혁은 입가에 걸린 미소를 지우지 않고 말을 잇는다.

"아무도 기억하지 않아. 그러니 미안할 일도 없지. 그건 니가 더 잘 알 거라고 생각하는데."

나는 대답하지 않고 돌아선다. 목덜미에 강준혁의 싸늘한 시선이 느껴졌지만 이번에는 상대하지 않고 그대로 계산대까지 걸어간다. 빌어먹을 새끼.

그러나 책값을 내고 바깥으로 나오면서도 강준혁의 말이 옳다는 생각을 떨칠 수가 없다.

아무도 기억하지 않는다. 미안해하는 일도 없다. 나쁜 행동이라는 건 모두가 알지만 크게 신경 쓰지 않는다. 서찬희는 처음부터 우리와 다른 인간이었기 때문이다.

우리는 같지 않았다. 같은 교복을 입었고 같은 나이를 먹었고 같은 학교에서 같은 수업을 받았지만, 우리는 결코 같은 인간일 수 없었다.

어떤 기준에서 그런 게 정해지는지 나는 알 수 없다. 다만 어느 날, 어느 순간, 반 아이들이 밀어 내는 다른 부류의 인간이 생겨날 뿐이다. 서찬희에게는 이래도 돼. 서찬희라면 상관없어. 서찬희, 서찬희, 서찬희.

근처 건물 벽에 등을 대고 잠시 숨을 고른다.

싸워 봐. 싸워 봐 이 좆밥 새끼야. 안승범 패거리와 스파링하던 서찬희는 끝까지 주먹을 들지 않았다. 왜? 태생부터가 좆밥이라서? 싸움을 할 줄 몰랐기 때문에?

아니, 그렇지 않았다. 나는 서찬희가 왜 싸우지 못했는지 알고 있었다. 본인에게 직접 그 이유를 들었다.

점점 아무것도 느낄 수가 없게 돼.

서찬희가 말했다.

나는 그냥 공기처럼 부유하는 인간이 되어 가는 거야…….

지금에 와서 돌이켜 보면 정작 서찬희가 어떤 인간이었는지 기억나지 않는다. 안승범 패거리가 몰려들기 전, 그러니까 우리가 아직 친구였던 시절의 서찬희는 누구였을까.

교실 한구석에 쓰인 낙서처럼 서찬희는 점점 흐려져 갔나. 최후의 순간에도 그렇게 붕 떠서 사라졌을까. 서찬희의 마지막을 기억해 보려고 한다. 하지만 아무리 애를 써도 떠오르지 않는다.

다음 날, 산이 누나를 찾아가기로 결심한다. 서점에서 산 책은 제목 그대로 권투의 기초를 이해하기에 좋은 입문서였지만 실제로 도움이 될지는 알 수 없었다. 산이 누나에게 가면 왠지 일이 잘 풀릴 것 같은 예감이 들었다. 굳이 그런 이유가 아니더라도 퇴원 후에 한 번쯤은 따로 만날 기회가 있길 바랐다.

체육관 위치는 병원에서 주 관장에게 받은 명함 뒤에 나와 있다. 버스 타고 30분쯤 가면 된다. 아침 일찍 엄마 아빠가 출근하는 걸 보고 점심까지 기다렸다가 출발한다.

　다소 외진 곳에 있긴 하지만 깔끔한 5층짜리 건물의 2층이다. 주 관장이나 산이 누나를 보면서 어렴풋이 상상했던 낡은 체육관이 아니다. 방문객을 환영하듯 문이 활짝 열려 있다. 내부 역시 깨끗하다.

　한가운데 위치한 링 저편으로 산이 누나가 출전하는 아마추어 복싱 대회의 응원 현수막이 보인다. 커다랗게 출력한 누나 얼굴 옆에 권투 요정 오산이, 라는 금색 글자가 부담스럽게 번쩍거린다.

　사람은 없다. 인기척도 느껴지지 않는다. 당황스러운 기분으로 우뚝 멈췄다가 "계세요?" 하고 덜떨어진 소리를 내며 안을 둘러본다. 사진으로 찍은 듯 공기마저 얼어붙은 풍경이다. "아무도 안 계세요?" 하고 재차 목소리를 내다가 천장 위로 튀어 오를 뻔한다. 바로 옆에서 "아무도 안 계신다." 하는 목소리가 들려온 탓이다.

　카운터 아래쪽이 부산스럽다. 이쪽에서는 보이지 않는다. 상대는 부스스한 꼴로 일어서다가 카운터 모서리에 머리를 호되게 부딪치고는 욕설을 뱉으며 얼굴을 내민다.

　"어, 오랜만이네. 어쩐 일이야?"

　자다가 일어났는지 피로가 덜 풀린 표정으로 주 관장이 묻는다. 나는 순간 말문이 막혀서 "왜 아무도 안 계세요?" 하고 또 덜 떨어진 소리를 한다.

"쉬니까 아무도 안 계시지. 밖에 당분간 휴관한다고 붙여 놓은 거 못 봤어?"

나름 주의 깊게 살펴면서 들어왔는데 그런 안내문을 본 기억이 없다.

"못 봤는데요."

"생각해 보니까 안 붙여 놨구나."

여전히 어딘가 나사 하나가 빠진 것 같으면서도 열받는 인간이다.

"내가 보고 싶어서 온 건 아닐 테고. 오산이?"

주 관장은 벌써 잠이 달아났는지 호기심 어린 표정으로 묻는다. 나는 골이 더 아파지기 전에 궁금한 것만 물어보고 빠지기로 결심한다.

"누나 안에 있어요?"

"없어."

"갈게요."

고개를 까딱 숙이고 돌아서는데 주 관장이 "야 이 매정한 자식아, 기다려 봐." 하고 불러 세운다.

"이게 아주 오산이랑 똑같네. 시합 잡힌 선수가 집에서 쉬는 거

봤어? 산이도 나도 당분간 여기 붙어 있을 거야. 아까 뛰러 갔으
니까 슬슬 올 때 됐다."

이렇게 말하면서 주 관장은 창가 쪽에 놓인 간이의자를 가리
킨다. 어떻게 할까 망설이다가 의자에 가서 앉는다.

"근데 오산이는 왜?"

링 한구석에 놓인 주전자를 들고 컵에 물을 따르며 주 관장
이 묻는다.

"어떻게 지내나 해서요. 시합 나간다는 소식도 들었고."

링의 가장자리에 걸터앉아 물을 두어 모금 들이켠 주 관장이
의심스럽다는 듯 한쪽 눈썹을 올린다.

"그게 전부가 아닌 거 같은데."

"저 현수막 누가 만들었어요?"

나는 모른 척 말을 돌린다.

"내 작품이다."

"계속 여기 걸어 둘 거예요?"

"아니."

내가 안심하기도 전에 주 관장이 덧붙인다.

"대회 시작하면 경기장으로 가져가서 잘 보이는 데다 걸어야
지. 다들 보라고."

지금 이 순간만큼 산이 누나가 가엾게 느껴진 적이 없다.

"여긴 왜 왔냐?"

주 관장이 다시 화제를 튼다. 나는 "아까 말했잖아요." 하고 짧게 대답한다. 그러자 주 관장이 묘한 웃음을 짓는다.

"다 안다."

"뭘 다 알아요?"

"니 나이 또래 애들이 권투 체육관에 찾아오는 이유가 뭐겠냐? 패고 싶은 애가 있는 거 아냐?"

나는 입을 다문다.

이렇게 드러내니 병원에서 끔찍한 재활 훈련을 받으며 이를 갈던 내 계획이라는 게 참 초라했다. 기껏해야 내 나이 또래 애들이 권투 체육관에 찾아오는 이유, 다. 그 정도로 정리돼서는 안된다고 반박하고 싶지만 막상 뭐가 안 되냐고 물으면 제대로 설명할 자신이 없다.

패고 싶은 애.

나도 모르게 주먹을 움켜쥔다. 서찬희를 가운데 두고 돌아가면서 스파링하던 안승범 패거리의 얼굴이 하나둘 눈앞에 떠오른다. 옆에서 팔짱 끼고 구경하던 강준혁 그 개새끼 얼굴도.

서찬희라면 이걸 뭐라고 설명했을까. 패고 싶은 애? 아니, 그렇게 말하지는 않았을 거다. 이건 그런 시시한 복수심보다 더 깊고 절실한 곳에 뿌리박고 있는 감정이었다. 끝나지 않는 악몽과, 해

소되지 않은 갈증에 관한 문제였다.

그러나 그런 것까지 주 관장에게 시시콜콜 이야기할 수는 없다. 나는 속내를 감추고 말한다.

"책 보고 연습했는데 잘 안되더라고요."

"뭘 연습했는데?"

"그냥 기초적인 거요."

"그러니까 뭐?"

"잽이나 스트레이트 같은 거요. 복잡한 건 필요 없어요. 저 같은 초보도 빠르게 익혀서 써먹을 수 있는 기술을 배우고 싶어요."

주 관장이 턱을 쓰다듬으며 웃는다. 이제 막 옹알이를 시작한 아기 옆에서 기계적으로 맞장구치는 어른처럼. 응, 그랬어요?

주 관장은 내게 응, 그랬어요? 하고 맞장구치는 대신 링 옆의 사물함으로 걸어가서 펀칭 패드를 하나 꺼내 준다.

"가지라고요?"

"보라고. 오산이가 쓰는 거야."

산 지 얼마 되지 않은 듯 빳빳하고 깔끔한 패드다. 주먹으로 치는 부분만 닳고 해져서 흐물흐물하다.

주 관장은 패드를 도로 가져가면서 입을 연다.

"빠르게 익혀서 써먹을 수 있는 기술 같은 건 없어. 하루에 대충 천 번 정도 주먹을 내지른다고 치면 열흘에 만 번, 1년이면 30만을 넘긴다. 그게 다 잽이랑 스트레이트야. 운동은 거짓말 안 해. 단기간에 큰 변화를 이뤘다고 하면 그건 선수가 아니라 약쟁이지."

"전 운동할 생각 없어요."

주 관장은 내가 뭔가 깨달음을 얻었으면 하는 눈치지만 나는 이런 장황한 연설이 성가실 뿐이다.

"다 안다면서요. 그럼 저한테 필요한 게 뭔지도 아실 거 아니에요."

"알지. 그게 얼마나 바보 같은 생각인지도 알고."

그러나 그런 바보 같은 생각조차 품지 못해 사라진 사람이 있다.

고개를 젓고 자리에서 일어선다. 이제 무슨 말이 나올지는 뻔하다. 그런 건 필요 없다. 내게 필요한 건 어디 써먹지도 못할 운동 철학이 아니라 당장 유용하게 사용할 수 있는 싸움의 기술이다.

"친구가 밉고 죽일 놈 같겠지만 잠깐의 감정일 뿐이야. 인생 길거든. 싫은 친구를 평생의 짐으로 끌어안고 살 필요는 없는 거다."

"친구요?"

내가 말한다. 주먹을 하도 세게 쥐어서 손톱 끝이 살 속으로 파고드는 게 느껴진다.

"어른들 눈에는 우리가 다 친구처럼 보이나 보죠?"

안승범, 강준혁, 그 외 나머지 개새끼들.

우리는 절대 친구가 아니다. 죽었다 깨어나도 우리는 친구가 될 수 없다. 어른들은 그런 걸 이해하지 못한다. 웃기는 일이다. 정작 본인들도 서로 쉽게 어울리지 못하면서, 중학교 고등학교 다니는 애들은 전부 다 친구라고 아무렇지도 않게 싸잡아 버린다.

같은 반 친구들. 개같은 반 친구들. 그렇게 엉성하게 묶어 놓은 테두리 안에서 얼마나 역겨운 일들이 벌어지고 있는지 누가 짐작이나 할까.

친구끼리 지내다 보면 장난도 칠 수 있는 거고 그러다 좀 격해지면 싸움도 날 수 있는 거고⋯⋯. 서찬희가 안승범에게 심하게 맞고 집에 간 다음 날 체육 선생이 담임 대신 전화를 받으며 꺼낸 말이다. 서찬희 어머니는 몸이 약해서 하루 대부분을 자리에 누워 시름시름 보냈다. 공사판을 전전하며 식구들 입에 풀칠하느라 바빴던 서찬희 아버지는 아들의 학교생활에 신경 쓸 여유가 없었다. 그래서 그렇게 지나갔을 거다. 책임자의 말을 믿고 싶었을 테니까.

"때리면 기분이 나아질 거 같냐?"

주 관장이 묻는다. 나는 체육관 바닥으로 시선을 떨구며 입술을 깨문다.

기분이 나아질 거 같냐고? 그런 걸 어떻게 알 수 있지?

"결국 똑같은 놈이 될 뿐이라는 건가요? 참고 견디는 게 이기는 거라고, 관장님도 그렇게 말할 거예요?"

"참고 견디는 건 이기는 게 아니야. 그냥 참고 견디는 거지."

그러면서 주 관장은 아까 펀칭 패드를 꺼낸 사물함 안에서 뭔가 다른 걸 찾기 시작한다.

"너 혼자만 아프게 사는 게 아니다. 안 그런 거 같아 보여도, 사람들이 다 그렇게 사는 거야. 애든 어른이든."

사물함을 뒤지던 주 관장은 잠시 가만히 서 있다가 낡은 글러브를 꺼낸다.

"이게 뭐예요?"

주 관장이 건네는 글러브를 받아 들며 묻는다. 막 써서 낡은 게 아니라 그저 오래 사용해서 세월의 흔적이 박혔을 뿐인, 손질이 잘된 물건이다.

"그건 글러브라는 거야."

"왜 나한테 주냐고요."

"빌려줄게. 내일부터 나와."

"저는 운동을 하고 싶은 게,"

"알아. 주먹 쓰는 법 배우고 싶은 거잖아? 가르쳐 줄게. 대신 조건이 있어."

그걸로 끝이다. 주 관장은 더 말하지 않고 처음 나타났던 카운터 쪽으로 걸어간다. 나는 글러브를 손에 들고 주춤거리며 주 관장의 뒤를 따른다.

"갑자기 왜요? 왜 절 도와주신다는 거예요?"

"오산이 같은 애보다는 내가 더 잘 가르칠 수 있으니까."

"그게 다예요?"

"그게 다야."

주 관장이 카운터 밑으로 들어가 누우면서 귀찮다는 듯 대답한다. 나는 어쩐지 석연치 않은 기분이 들어 다시 묻는다.

"조건이 뭔데요?"

"그건 적당한 때가 오면 내가 알아서 이야기할 거다."

"저 돈 없어요."

"돈 달라는 거 아니니까 걱정하지 마. 나 자야 돼. 말 걸지 말고 가라."

나는 글러브를 옆구리에 끼고 잠시 망설이다가 주 관장이 요구한 대로 그냥 돌아선다. 처음에 생각했던 것과 상황이 다르게 흘러갔지만, 어쨌든 혼자 막연하게 세운 계획이 겨우 실마리를 찾아가는 느낌이다.

덩치만 큰 머저리 새끼 같아도 오랜 연습으로 다져진 안승범의 태권도 실력은 진짜였다. 내가 해야 할, 그리고 서찬희가 진작부터 했어야 할 행동을 취하려면 이제 머뭇거릴 시간이 없다. 다음으로 나아갈 차례다.

<u>05</u> 그냥 그렇게 벌어지는 일

보름 정도는 체육관 활동에 모든 시간을 쏟으려고 했는데 4일을 넘기지 못하고 학교 갈 준비를 한다. 날마다 걱정스러운 눈길로 타박하는 엄마를 이기지 못했기 때문이다. 2주마다 찾아와서 밀린 진도가 적힌 공책을 건네던 사람이 없어졌다는 게 결정적인 이유였다. 양아영이 굳이 내 눈앞에 보이지 않아도 인생에 도움이 안 된다는 사실을 깨닫는 놀라운 순간이었다.

등교하는 애들하고 마주치고 싶지 않아 일부러 정오쯤 집을 나온다. 오랜만에 도착한 학교는 박제된 것처럼 변함없이 그 자리에 굳건하다.

어제 전화로 물었더니 담임은 당장 복학해서 수업에 참여하는 게 좋겠다며 별 시답지 않은 권유를 했다. 나는 일단 복학에 필요한 절차부터 마치고 나서 들어가겠다고 대꾸하고는 전화를 끊었다.

행정실은 2층 끝에 있다. 점심시간이 끝나고 5교시 수업 중인 학교 안은 희미하게 들리는 선생님들의 목소리나 간간이 이는 아이들의 웃음소리를 제외하면 무서울 정도로 조용하다.

발소리로 괜한 시선을 끌지 않도록 주의하면서 복도를 지난다. 우리 반 앞을 지날 때는 특히 신경 쓴다. 하지만 눈도 돌리지 않겠다고 다짐하면서도 창가로 시선이 가는 건 어쩔 수 없다. 걸음이 조금씩 느려진다.

양아영은 예전 자리에 그대로 앉아 멍한 표정으로 턱을 괴고 있다. 잡생각 중인 게 분명하다. 양아영뿐만 아니라 다른 애들의 위치도 바뀌지 않은 걸 보면 그동안 자리 이동은 없었던 것 같다. 다들 서찬희 자리를 꺼리기 때문일까. 빈 책상 위에는 주인 대신 하얀 꽃 한 무더기가 흐드러지게 피었다.

태권도 시합을 준비하는지 맨 뒷자리에 있어야 할 안승범은 보이지 않는다. 굳이 보고 싶은 새끼도 아니었기 때문에 그대로 눈을 돌려 지나친다.

복도 중간쯤에서 학교의 자랑, 이라고 적힌 게시판을 보고 걸음을 멈춘다. 좆같은 예상은 틀리는 법이 없다. 그동안 자랑할 게 지지리도 없었는지 안승범의 동메달 획득 기사가 아직도 붙어 있다.

텅 빈 복도에 서서 안승범의 사진을 노려본다. 목에 메달을 걸고 단상 위에 오른 안승범의 얼굴에는 불만스러운 기색이 역력하다. 기사를 뜯어서 잘게 찢어 버리고 싶은 충동을 겨우 억누르고 부루퉁한 안승범을 외면한다.

우리가 만드는 행복한 학교생활.

행정실 명패 위에 새겨진 전에 본 적 없는 캠페인 문구가 눈에 띈다. 서찬희가 죽고 또 얼마 지나지 않아 내가 병원에 실려 가는 바람에 학교 분위기가 좋지 않다는 건 알고 있었다. 주기적으로 찾아오던 양아영이 이것저것 말해 줬으니까.

그렇다고 해도, 우리가 만드는 행복한 학교생활이라니. 이런 병신 같은 문구는 대체 누가 생각해 내는 걸까?

"이야, 퇴원했구나?"

아무하고도 만나지 않고 빠르게 일을 처리하려던 계획은 실패로 돌아간다. 행정실로 들어서자마자 체육 선생과 눈이 마주쳤던 것이다.

"많이 다쳤다고 하더만 쌩쌩하네? 다 나았냐?"

"아직 다 나은 건 아니고요. 물리치료받고 해야 된대요."

"그래? 아무튼 이제 사고치지 마라. 니네 반 때문에 아직도 학교 전체가 뒤숭숭하니까."

나는 억지로 웃는 시늉을 하며 가져온 서류를 접수처에 내민다. 방금까지 체육에게 시달리고 있었을 게 뻔한 행정실 직원이 나랑 비슷한 웃음을 지어 보이며 "잠깐 기다리고 있을래?" 하고 옆의 의자를 가리킨다. 오지랖 넓은 체육이 여기저기 집적거리며 모두에게 대수롭지 않게 민폐를 끼친다는 건 누구나 다 아는 비밀이다. 체육과 멀찍이 떨어진 의자에 앉아 다리를 쭉 뻗는다. 허벅지가 비명을 지른다.

반년은 걸릴 거라고 본다.

언제쯤 내가 준비될 수 있겠냐고 묻자 주 관장은 조금의 망설임도 없이 이렇게 대답했다. 짧게 잡은 거야. 그것도 니가 죽기 살기로 훈련한다고 가정했을 때.

나는 주 관장에게 기간을 단축할 방법은 없냐고 물어보지 않았다. 내 계획을 탐탁지 않아 하는 주 관장이 애매하게 긴 시간을 던져 놓고 이쪽 반응을 살피려 든다고 생각했기 때문이다. 그게 아니면 반년 동안 내 마음이 누그러지기를 기다릴 작정인지도 모르고. 어느 쪽이든 우선은 몸을 단련하는 게 나은 선택이었다.

내가 됐다고 말할 때까지는 섣불리 나서지 마. 아무하고도 싸우지 않는 *거야*. 알겠어? 주 관장이 당부했다. 나는 고개를 끄덕였다. 주 관장은 기초부터 시작하자, 하면서 줄넘기를 건넸다.

시합이 코앞인데 애송이가 방해나 하고. 산이 누나는 이렇게 말하면서도 내가 체육관에 나오는 걸 만기는 눈치였다. 다른 체육관 사람들은 어떻게 된 거냐고 주 관장에게 물었더니 당분간 시합에 집중하기 위해 오전까지만 운영한다고 했다.

그러니까 너는 특별 관원인 거야. 영광으로 생각해. 이 말을 끝으로 주 관장은 산이 누나와 함께 로드워크를 하러 나갔다. 그리고 영광스러운 특별 관원은 아무도 없는 체육관에서 두 사람이 돌아올 때까지 고독한 줄넘기를 했다. 다음 날도. 그다음 날도.

이게 무슨 도움이 된다고 그래요? 하고 물었더니 주 관장은 기초가 가장 중요한 거야, 라며 대수롭지 않게 대답했다. 말할 기운 있는 거 보니 좀 더 해도 되겠네. 줄넘기가 얼마나 대단한 운동인지 깨달아 봐.

어제는 지옥 같았다.

"학생, 이쪽으로 오세요."

부르는 소리에 상념을 접고 일어선다. 뭐라고 한참 떠들던 체육이 손목에 찬 큼직한 시계를 보더니 "그럼 저는 수업 준비하러." 하면서 밖으로 나간다. 질린 표정의 직원이 작게 한숨을 쉰다.

"다 됐어요?" 하고 묻자 직원은 복학이 정상 처리되었음을 알리는 서류를 내민다. 장기 입원으로 수업의 3분의 1 이상을 빠진 탓에 원칙대로라면 유급이지만, 다행히 제대로 복학할 수 있었다. 양아영을 통해 수업 진도를 쫓아가며 과제 몇 개를 첨부한 게 영향이 컸다. 끔찍했던 1학년을 다시 겪지 않아도 된다는 사실에 나는 일단 안도한다.

"고맙습니다."

"열심히 해."

서류를 품에 안고 일어서는데 직원이 응원한다는 듯 주먹을 쥐고 흔들어 보인다. 나도 어정쩡하게 주먹을 흔들어서 대답한다.

앞으로 바빠지겠구나.

문득 그런 생각이 든다. 체육관에 다니면서 공부도 어느 정도 해 둬야 할 테니까. 걱정 많은 엄마를 조금이라도 안심시키려면 원래 받던 성적 정도는 유지해야 한다.

행정실 밖으로 나와 계단을 내려가는 도중 5교시 끝을 알리는 종소리가 들린다. 나는 당황해서 걸음을 멈춘다. 쉬는 시간 1분 1초가 아쉬운 아이들이 잽싸게 복도로 쏟아져 나온다. 쓸데없는 인사는 아까 체육을 만나서 한 걸로 충분하다.

황급히 몸을 돌려 계단을 오른다. 쉬는 시간이 끝날 때까지 위층 화장실에라도 들어가 있을 심산이었다. 그런데 어떻게 된 일인지 나는 계속해서 계단을 올라간다. 정신을 차렸을 땐 이미 옥상 문을 열고 있었다.

옥상 자물쇠는 디지털 방식이라 비밀번호만 알면 출입이 가능하다. 서찬희가 죽은 뒤에는 일주일 단위로 번호를 바꾸는데 바뀐 번호를 모르는 사람은 없었다. 체육 시간에 쓰는 도구를 보관

하는 창고가 옥상에 있기 때문이다. 체육이 심부름 보내며 몇몇 애들한테 흘린 번호는 금방 학교 전체로 퍼져 나갔다.

같은 번호를 세 개만 돌려 써서 되는대로 찍어도 밖으로 나오는 데 3분이 채 안 걸린다. 이럴 거면 뭐 하러 일주일 단위로 바꾸는지.

옥상 끝으로 걸어간다. 난간에 못 보던 철조망이 덧씌워져 있다. 철조망 가운데 위험! 접근 금지, 라고 쓰인 커다란 경고 문구가 보인다.

심장이 미친놈처럼 뛴다.

정신 차려, 서찬희. 어딘가에서 내가 말했다. 정신 차려 이 새끼야.

철조망 앞에는 교실에서 본 것과 같은, 그러나 조금 시들한 하얀 꽃이 한 무더기 놓였다. 아직도 서찬희를 기억하는 사람이 있는 걸까.

난간에서 발길을 돌려 창고에 기대 주저앉는다.

부탁해. 서찬희가 말했다. 너밖에 없어.

나는 가만히 앉아서 서찬희의 말을 곱씹는다.

"씨발 깜짝이야. 퇴원했냐?"

단체로 나랑 마주치자고 의논이라도 했는지 요즘 들어 영 재수 없는 놈들만 여기저기서 튀어나온다. 처음에는 강준혁, 그다음에는 체육, 그리고 이 자식이다.

담뱃갑을 손에 쥔 안승범이 짙은 그림자를 드리우고 서 있다.

"뭐 있는 줄 알고 존나 놀랐잖아, 새끼야. 차에 치여서 뒈진 거 아니었냐? 생각보다 멀쩡하네?"

시합 연습을 하다 왔는지 도복 차림에 점퍼만 걸쳤다. 운동하는 놈이 담배 피우겠다고 여기까지 올라오다니. 목구멍으로 올라오는 욕설을 집어삼키고 말없이 앉아 있다. 안승범은 태연하게 담배에 불을 붙이고 깊이 빨아들인 다음 입가에 머금은 연기를 이쪽으로 뱉는다.

개새끼.

"뭐 주워 먹을 게 있다고 돌아왔냐? 그냥 찌그러져 있지."

타들어 간 담배 끄트머리를 털면서 안승범이 말한다. 나는 이번에도 대답하지 않는다. 그러자 안승범은 재미있다는 듯 피식 웃더니 쭈그리고 앉아서 내 얼굴을 빤히 살핀다.

"뭔데? 표정 좆같다?"

나는 안승범을 마주 본다. 안승범이 담배 연기를 길게 뿜는다.

그렇게 많은 일이 벌어졌는데, 그렇게 긴 시간이 지나갔는데, 이 새끼는 여전히 태연한 표정으로 상처 하나 없이 잘 살고 있다. 모든 게 다 이 새끼 때문인데.

세상은 불공평해. 서찬희가 말했다. 왜 이렇게 불공평한 세상이 됐는지 알아?

"야, 내가 웃으니까 씨발 만만해 보이냐?"

안승범이 묻는다. 나는 대꾸하지 않는다. 내가 안승범에게 하고 싶은 말은 하나뿐이고, 아직은 그 말을 꺼낼 때가 아니다.

"눈 깔아."

반도 다 피우지 않은 담배를 이쪽으로 튕겨 내며 안승범이 명령한다. 어깨에 맞은 담배가 눈부신 불똥을 토해 내며 추락한다.

나는 안승범을 본다.

"눈 깔라고 씨발놈아."

안승범이 다시 말한다.

나는 머뭇거린다.

나는 머뭇거린다.

나는 머뭇거리다가 시선을 아래로 내린다.

"앞으로도 계속 눈 깔고 다녀. 알았냐, 이 재수 없는 새끼야. 아가리 함부로 놀리지 말고. 그래 봤자 서로 좋을 거 없잖아. 아니면 여기서 뒤지게 맞고 또 병원 갈래?"

굴욕.

안승범은 다른 사람에게 그런 감정을 심는 걸 누구보다 앞장서서 즐기는 인간이다. 이런 놈이라도 국위 선양하겠다며 태권도 성적을 올리면 다들 옳다구나 박수를 쳐 준다.

좆같은 일이지.

누군가는 이 좆같은 일을 바로잡아야 하는데, 아무도 그럴 생각이 없다.

내가 잠자코 있자 안승범은 코웃음 치며 몸을 일으킨다.

"병신, 쫄기는. 한 대 더 태울 동안 꺼져."

옥상에서 나가기 위해 일어선다. 어차피 쉬는 시간 동안 잠시 피해 있기 위해 들른 곳이다. 안승범이 하는 말에 따르고 싶지는 않지만 굳이 여기서 버틸 이유도 없다. 문을 열고 나가는데 등 뒤에서 "좆도 아닌 새끼가." 하는 소리가 들린다.

그대로 계단을 내려간다. 6교시는 벌써 시작했고 복도에는 아무도 없다.

1층으로 내려오는 도중 나는 입을 틀어막고 화장실로 향한다. 급하게 도착한 변기 안에 속을 게워 낸다.

오랜만에 만난 안승범은 전보다 훨씬 크고 단단해 보였다. 내가 병원에서 부서진 몸을 추스르기 위해 안간힘을 쓰는 동안 안승범도 놀고만 있지는 않았다는 증거다. 유명 체육 대학에 가기 위해 공부도 포기하고 태권도만 죽어라 연습하던 놈이다. 대체 그런 놈과 뭘 해 볼 생각이었던 걸까?

세면대 앞에서 입을 헹구고 차가운 물에 몇 번이나 세수하며 냉정을 되찾으려고 애쓴다. 최악의 경우에는 준비될 때까지 최소

반년이라던 주 관장의 말을 믿고 따르는 수밖에 없다.

반년?

세면대 앞의 거울에는 아무리 다르게 해석하려고 해도 겁에 질렸다고밖에 표현할 수 없는 멍청이가 불안한 눈으로 이쪽을 보고 있다.

손바닥으로 얼굴을 쓸어내리고 크게 숨을 들이쉰다. 고작 한 번의 만남으로 이렇게까지 쪼그라든 자신이 혐오스럽다. 한편으로는 이쯤에서 자기 주제를 알고 그만두는 게 낫지 않을까 하는 생각도 든다.

너 같은 놈들이 제일 나빠.

거울 속의 겁쟁이가 말한다.

내가 정말로 원망스러운 건 너야.

물에 젖은 얼굴을 소매로 대충 문지르고 화장실 밖으로 나온다.

복도를 지나며 다시 한번 우리 반 교실 창문을 힐끗 살핀다. 마침 양아영이 뭔가 열심히 발표하는 중이다. 잠깐 지켜보다가 우연히 눈이 마주친다. 양아영이 놀란 표정을 짓는다. 나는 용수철이 튕기듯 재빨리 교실에서 멀어진다.

복학 신청이 끝나면 곧바로 체육관에 갈 생각이었지만 계획을 바꿔서 집으로 걸음을 옮긴다. 학교부터 집까지는 버스를 타지 않으면 한 시간 정도 걸리는 거리고 오늘도 그쯤 걸렸다. 그런데 출발하자마자 눈앞에 집이 나타난 기분이다. 뭔가 깊은 생각에 잠겨서 걸어온 것 같은데 막상 도착하니 무슨 생각을 했는지 하나도 기억나지 않는다.

현관문을 열고 텅 빈 집 안으로 들어선다. 책상 위에 엄마 아빠가 밥값으로 쓰라고 두고 간 신용카드가 보인다. 집어서 서랍 안에 넣은 뒤 컴퓨터를 켠다.

인터넷으로 들어가 가장 먼저 안승범의 이름을 검색한다. 꼴도 보기 싫은 놈이라 그동안 한 번도 안승범의 행적을 조사해 보지 않았다. 그러나 이제는 자세히 알아봐야 할 필요를 느낀다. 머릿속으로 생각했던 것과 실제로 마주한 것 사이에는 어마어마한 격차가 있었던 것이다.

먼저 6개월 전에 안승범이 나갔던 대회를 찾는다. 막연하게 별거 아니라고 생각했는데 검색해 보니 도 단위에서 10여 개의 고등학교가 참가한 꽤 큰 대회. 공식 중계 영상은 없고 사람들이 개인적으로 찍어서 올린 게 몇 개 나온다. 떨리는 마음으로 하나씩 꼼꼼하게 들여다봤지만 안승범의 모습은 보이지 않는다. 대신 안승범을 준결승에서 이기고 우승했다는 이름 모를 선수의 결승 영상을 찾아낸다. 3분 정도 되는 짤막한 분량이다.

경기 시작 후 허겁지겁 카메라를 꺼내 찍었는지 서로 스텝을 밟으며 기회를 보는 두 선수의 모습이 대뜸 나타난다.

먼저 견제에 나선 쪽은 파란색 보호구를 찬 사람이다. 반대편 빨간색 보호구는 툭툭 내지르는 상대의 발차기를 앞뒤로 오가며 가볍게 흘린다. 제대로 들어가서 득점하는 발차기는 하나도 없다. 서로의 신경을 거스르는 자잘한 공방이 이어질 뿐이다. 그러나 비슷한 구도가 반복된다고 생각할 때쯤, 빨간색 보호구가 갑자기 앞으로 파고든다.

격투기라고는 가끔 TV에서 하는 프로레슬링을 본 게 전부라 이렇게 들어가는 발차기는 본 적이 없다. 파란색 보호구가 쓰러지고 시합이 순식간에 종료된다. 경기장 내의 사람들은 어리둥절한 기색이다.

나는 영상을 앞으로 돌리고 조금씩 끊어서 빨간색 보호구의 발차기를 관찰한다. 상대가 뻗는 앞발차기에 맞춰 아래에서 위로 꽂는 뒤돌려차기 한 방이다. 권투로 치면 가장 이상적인 형태로 들어가는 카운터펀치가 아닐까.

이런 녀석이랑 붙어서 막상막하로 패했다면 안승범의 실력도 대충 이 정도, 아니 지금은 더 늘었을 테니 그 이상이라고 봐야 할 거다.

나는 영상을 주 관장에게 보여 주기로 결심한다. 주 관장이 정말 날 도울 생각이라면 이걸 보고도 느긋하게 있지는 못할 거다.

맞붙어 싸운다면 동작이 크고 화려한 태권도보다 군더더기 없이 주먹으로 승부하는 권투가 유리할지도 모른다.

"그건 니 생각이고."

영상을 대충 흘려 보던 주 관장이 하품과 함께 말을 뱉는다.

오늘도 줄넘기나 시키고 넘어가는 분위기라 다급한 마음에 카운터에 놓인 컴퓨터를 켜고 주 관장을 억지로 앉혔다. 산이 누나는 이야기가 길어질 것 같으니 혼자 뛰고 오겠다며 나갔다. 딱히 비밀로 할 생각은 없었는데 어쩌다 보니 누나는 아직도 내가 무슨 목적으로 체육관에 다니는지 모른다.

"왜요, 권투로 태권도 못 이겨요?"

내가 도발하자 주 관장이 코웃음 친다.

"애들 막싸움에 권투나 태권도가 무슨 소용이냐? 어차피 체급에서 결정 날 텐데."

나는 불만스럽게 얼굴을 구긴다. 주 관장이 질색한다.

"얼굴 펴, 자식아. 체급이 곧 완력이야. 길거리 싸움은 기본적으로 체격이 큰 녀석이 이기게 돼 있어. 너는 기껏해야 라이트급인데, 애들은 너보다 세 체급이나 위잖아."

말하면서 주 관장이 가리킨 영상 제목은 L-미들급 결승전, 이다. 나는 손에 쥔 줄넘기를 카운터 위에 올려놓고 주 관장에게 바짝 붙으며 입을 연다.

"약속했잖아요. 안 된다는 말이나 할 거면 약속은 왜 했어요?"

"누가 안 된대? 시간이 걸린다고 했지."

"시간 없다고요!"

"왜 없어?"

주 관장이 컴퓨터 전원을 끄며 묻는다.

"갑자기 뭐가 그렇게 급해?"

학교에서 만난 안승범의 얼굴이 떠올랐지만 그걸 말하고 싶지는 않다. 나는 다만 "시간 낭비는 병원에서 많이 했어요." 하고 둘러댄다.

주 관장은 흠, 하고 헛기침하며 자리에서 일어선다.

"그렇게 조바심 나면 무기라도 들어라. 자전거 체인 들고 후려치면 살점 다 뜯겨 나간다더라."

"예?"

주 관장 말에는 농담하는 기색도, 화내는 기색도 없다.

주 관장은 내가 올려 둔 줄넘기를 들고 링으로 걸어가 가장자리에 걸터앉는다.

"너는 싸움이 뭐라고 생각하냐?"

주 관장이 묻는다. 생각해 본 적 없는 질문이었기 때문에 얼른 대답하지 못한다.

싸움? 싸움이 뭐지?

문자 그대로의 의미는 안다. 그러나 대부분의 단어가 그렇듯 싸움이라는 게 문자 그대로의 의미만을 담고 있는 건 아니다.

"싸움하고 싶다면서?" 주 관장이 말한다. "그러면 그게 어떤 건지 생각해 봤어야지."

나는 주 관장을 본다. 주 관장의 시선은 링 옆의 샌드백 쪽에 아무렇게나 박혀 있다. 오래된 사진을 손가락 끝으로 더듬듯 해 묵은 시선이다.

"싸움이 무작정 나쁘다고 하는 사람이 많지만, 그건 어디까지나 지는 쪽의 변명에 불과해. 싸움 자체는 좋지도 않고 나쁘지도 않아. 간간이 비나 눈이 쏟아지는 것처럼 그냥 그렇게 벌어지는 일일 뿐이야. 착하게 살면 싸울 필요가 없다? 말도 안 되는 소리지. 싸우지 않고 살 수는 없다. 아무리 착하게 살아도, 아무리 몸을 사려도, 살아가다 보면 누구나 다 싸워야 할 때가 오는 거야."

주 관장은 링 옆의 주전자를 들고 종이컵에 물을 따라 몇 모금 마신다.

체육관 입구에 정수기가 한 대 버젓이 놓여 있지만 산이 누나도 주 관장도 항상 주전자만 이용한다. 급할 때 손을 뻗어서 바로 마실 수 있기 때문이란다. 주전자 물을 채우는 건 자연스럽게 내 몫이 됐다. 내가 오기 전에도 주전자만 이용했는지 심각하게 의심이 가는 대목이 아닐 수 없다.

종이컵을 비운 주 관장은 다시 물을 따르고 앞으로 내민다. 나는 종이컵을 받아 들고 주 관장 옆에 앉는다.

"이겨야 해."

주 관장이 말한다.

"그거 말고는 아무것도 중요하지 않아. 너는 운동하고 싶은 게 아니라고 했지? 그럼 싸움을 운동처럼 하려고 하지 마라. 스포츠에서는 이기든 지든 둘 다 좋은 경험이 되지만, 싸움은 그렇지 않아. 이기는 게 전부야. 오직 이겼을 때만 싸움이 가치를 가지는 거다."

물을 다 마시고 빈 종이컵을 구겨서 쓰레기통에 던져 넣는다. 메마른 침묵이 내려앉는다.

이겨야 한다? 물론 그럴 생각이다. 가능하다면, 그러고 싶다. 하지만 안승범 같은 놈을 상대로? 내가?

싸워야겠다고, 싸워야 한다고 생각했다. 하루에도 수십 번 머릿속으로 안승범과 싸웠다. 그러나 문득 돌이켜 보니 나는 단 한 번도 싸움의 결론을 내린 적이 없다. 상상은 언제나 격렬한 싸움의 과정에서 흐지부지 흩어졌을 뿐이다.

어쩌면 승패는 관계없다고 처음부터 자신을 설득해 왔던 건지도 모른다. 그렇게라도 터무니없는 계획 앞에서 스스로를 지키려고 애쓴 것이다.

한심한 일이다.

"그래서, 이기기 위해서는 뭐든 해야 한다는 거예요? 자전거 체인 같은 걸 손에 들고?"

"그러고 싶지는 않냐?"

"난," 하고 입을 다문다. 내가 그러고 싶은지 그러고 싶지 않은지 알 수가 없다.

어려울 거라는 건 알고 있었다. 그러나 단순한 계획이었고, 심각하게 고민할 필요가 없는 일이었다. 적어도 병원에 있을 때는 그랬다.

내가 딱히 착한 편에 속한다고 의식한 적은 없다. 다만 안승범은 반론의 여지가 없는 개자식이었고 나는 적어도 그런 개자식은 아니라고 믿었다.

"너 같은 일반인이 운동선수를 상대로 순수하게 맞붙어서 이길 가능성은 전혀 없다. 거의 없다가 아니라 전혀 없어. 타고난 골격 차이와 신체 단련 기간을 무시하고 무작정 맨몸으로 붙겠다는 것 자체가 이미 나는 비참하게 깨지겠습니다, 하는 거나 마찬가지란 말이야. 알겠냐?"

주 관장은 잠시 말을 끊고 이쪽을 본다.

전부 없던 일로 하는 거야. 어딘가에서 내가 속삭인다. 편하게, 아무것도 하지 않아도 돼.

아득한 어둠 속에서 눈이 멀 것처럼 환한 두 개의 불빛이 이쪽으로 달려들었다. 땅바닥에 떨어진 직후, 무시무시한 고통이 깜빡 잊어버린 물건을 찾으러 온 사람처럼 온몸을 덮쳐 왔다. 얼마나 의식이 있었던가. 나는 안주머니에 손을 넣고 소름 끼치게 차가운 편지 봉투의 귀퉁이를 만지작거리며 숨을 몰아쉬었다.

살고 싶다.

살고 싶다, 는 간절함이 있었다.

"어떻게 하면 이길 수 있죠?"

내가 묻는다.

"자전거 체인만 쓰면 되는 거예요?"

주 관장은 대답하는 대신 정수기 쪽으로 눈짓하며 빈 주전자를 건넨다.

기껏 용기 내서 물었더니 잔심부름이나 시킨다. 나는 체육관 바닥이 무너져라 한숨을 쉬고 자리에서 일어나 정수기로 걸어간다.

"싸움이 떳떳하고 정당하게 이루어질 거라고 생각했다면 큰 착각이야."

주전자에 물을 반쯤 받았을 때 주 관장이 말한다.

나는 고개를 돌려 주 관장을 본다. 주 관장은 줄넘기를 사물함에 집어넣고 있다. 이쪽에서는 뒷모습밖에 보이지 않는다.

"나는 니가 하려는 게 여전히 바보 같은 짓이라고 생각한다. 피할 수 있는 싸움은 피하는 게 좋지. 하지만 어쨌거나 싸우기로 마음먹었다면, 할 수 있는 한 최고로 치사하고, 더럽고, 악랄하게 싸워라. 그럴 각오가 없으면 너는 무조건 져. 나는 질 게 뻔한 놈을 붙잡고 뭘 가르치고 싶지 않다."

평소보다 낮은 주 관장의 목소리가 선명하게 귀에 들어와 박힌다.

나는 포기하고 싶다. 아무 일도 없었던 것처럼 일상으로 돌아가 시시하게 살고 싶다. 그리고 동시에,

그러고 싶지 않다. 온 힘을 다해서 주 관장이 가르치는 걸 배우고, 배운 걸 토대로 안승범의 이죽거리는 얼굴을 박살 내고 싶다.

전혀 다른 두 개의 바람 속에서 나는 필사적으로 타협점을 찾기 위해 애썼다.

주 관장은 이상한 사람이다. 처음부터 이상하다고 생각했지만 내가 생각했던 것보다 더 이상한 사람이다. 왜 날 도와주겠다고 했을까? 정말 나를 도와주고 싶어서 이러는 걸까? 지금 내가 어떤 대답을 내놓느냐에 따라 주 관장의 태도가 분명해질 것만은 확실하다.

한참 고민한 끝에 입을 연다.

"나는," 하고 튀어나오는 목소리가 왠지 몹시도 낯설게 느껴진다. 목을 가다듬고 말을 잇는다.

"나는 싸워야 해요."

06 버리다시피 던지고 간 질문

너한테도 문제가 있는 게 아닐까?

사람들은 이렇게 묻는 걸 좋아한다. 아무리 가해자와 피해자가 명백하게 드러나는 사건이라고 해도 결국에는 당하는 쪽도 문제가 있다고 결론짓고 싶어 하기 때문이다. 약한 쪽을 동정하는 사람은 있어도 약한 쪽이 되고 싶어 하는 사람은 없다. 어쩌면 사람들은 무의식중에 스스로를 강한 쪽, 가해자의 입장에 놓고 상황을 그려 보는 데 익숙해져 있는 건지도 모른다.

등교하자마자 끌려온 상담실에서 담임은 부드럽게 꾸민 목소리로 잘 나아서 다행이야, 라고 다섯 번 말했고 언제든지 찾아와, 라고 세 번 말했고 선생님도 이해해, 라고는 일곱 번 말했다. 지겨워서 쓰러질 것 같은 기분이었다.

담임은 상담을 마무리하며 "아무튼 건강하게 돌아온 거 축하해." 하고 말한 뒤 이렇게 덧붙인다.

"너한테 어떤 문제가 있든 조금씩 고쳐 나가자. 선생님이 도와줄게."

나는 자리에서 3분의 1쯤 일어서다가 멈추고 담임에게 시선을 던진다.

아무 말도 하지 말자.

"제 문제가 뭔데요?"

아무 말도 하지 말자니까.

기습적으로 터져 나온 질문에 우리는 서로 당황한다. 장기 입원 후 복학한 얌전한 학생과 그런 학생을 걱정하는 따뜻한 선생님, 이라는 표면적인 구도가 깨진 것이다. 담임은 선율이 엇나간 피아노처럼 어색한 미소를 짓는다.

"응?" 하고 되물은 건 못 들어서가 아니다. 나는 고개를 저으며 "아니에요." 하고 대답하고는 상담실 밖으로 빠져나온다.

아이들이 시끄럽게 떠들며 복도를 오간다. 학교 문턱을 밟자마자 담임에게 붙들렸으니 아직 아무도 내가 돌아온 걸 모를 거다. 가방을 고쳐 메고 교실을 향해 걸어간다.

담임의 열정적인 상담 덕분에 조금 늦어지기는 했지만 어쨌든 마주해야 할 상황이다. 나는 일부러 뻣뻣하게 고개를 들고 교실 문을 열어젖힌다. 어지럽게 흩어져 있던 아이들의 눈동자가 우르르 와서 박힌다. 나는 원래 내 자리였던 곳, 하얀 꽃이 있는 자리

옆으로 가서 가방을 내려놓고 앉는다.

잠깐 지속된 정적은 금방 여러 가지 소음으로 뒤덮인다. 나는 벽에 붙은 시간표를 보고 교과서를 꺼내 책상 위에 올린 뒤 그 위에 엎드려 눈을 감는다. 그러자 깜짝 놀랄 만큼 커다란 피로가 어깨를 덮친다.

시간 없다고 말한 건 너야.

후들거리는 다리를 붙잡고 정신없이 물을 마시고 있었더니 주 관장이 놀리듯 말했다. 산이 누나와 처음 같이 뛴 로드워크였다. 다른 훈련을 소화하려면 체력부터 키울 필요가 있어. 각오하는 게 좋아. 주 관장이 겁을 줬지만 나는 드디어 본격적으로 뭔가 시작한다는 생각에 들떠서 귀담아듣지 않았다.

산이 누나와 주 관장이 하는 로드워크는 일반적인 달리기와 달랐다. 적당한 수준의 뛰기와 폭발적인 전력 질주를 번갈아 하는 긴 코스의 달리기였다. 인터벌 트레이닝이라는 거야. 달리는 도중에 산이 누나가 설명했다. 나는 몸 안의 장기를 죄다 토해 낼 것처럼 숨을 몰아쉬고 있었기 때문에 그게 뭔지 전혀 궁금하지 않았다.

익숙해질 때까지 일주일에 두 번만 오산이랑 같이 뛰어. 나머지는 스콰트 위주로 하체 운동할 거야. 줄넘기도 계속할 거고. 주 관장이 구체적인 계획을 말해 주었다. 주먹 쓰는 걸 배우는데 왜 하체 운동을 하냐고 묻고 싶었지만, 군말 없이 시키는 거 열심히 하겠다고 괜한 다짐을 해 놓는 바람에 잠자코 수행할 수밖에 없었다. 다음 날, 예상했던 대로 다리 전체가 찢어질 것처럼 아팠다.

"왔구나? 선생님이 너 온다고 말하기는 했는데."

잠들기 직전에 정신을 차리고 고개를 든다. 물론 이렇게 친근하게 말을 건 사람은 양아영이다.

"저번에도 왔었지? 나 봤잖아. 왜 그냥 갔어?"

나는 복도를 지나며 교실 안을 살피다가 양아영과 눈이 마주쳤던 일을 떠올린다.

"니 얼굴 보기 싫어서."

양아영은 눈썹을 확 찌푸리며 "웃기셔. 나도 니 얼굴 보기 좋은 거 아니거든." 하고 대꾸한다.

"운동부는 교실 안 들어와?"

양아영의 말을 무시하고 묻는다.

어디든 분위기를 흐리는 양아치 같은 새끼들은 없을 때 더 티가 난다. 교실 안에 안승범을 포함한 운동부 패거리 몇 명이 없다는 건 바로 알았다.

"걔들 곧 시합이라서 당분간 수업 참여 안 해. 종례 때는 올 거야. 그거 말고 궁금한 건 없어?"

양아영이 대답한다. 얘는 왜 이렇게 나한테 친절하게 구는지 모르겠다.

"반장도 힘들겠구나."

나는 솔직하게 말한다. 양아영이 눈을 가늘게 뜨더니 미심쩍은 목소리로 "뭐가?" 하고 묻는다.

"반장 일에 열심인 것 같아서."

"적당히 해. 확 엎어 버리기 전에."

양아영이 위협적으로 책상을 한 번 덜컹 흔들고는 거칠게 몸을 돌려 지기 자리로 터벅터벅 걸어간다. 무의식중에 책상 모서리를 붙잡고 양아영이 자리에 앉는 모습을 본다.

모처럼 칭찬했는데 대뜸 책상부터 날리려고 하다니. 다시는 칭찬하지 말아야지.

학교에서의 시간은 더디게 흘러갔다. 교실에 들어오는 선생님들이 나를 보고 저마다 한두 마디씩 위로나 격려의 말을 건넸다. 그때마다 짧게 대답한 걸 빼면 나는 오전 내내 입을 다물고 창밖을 보면서 시간을 보냈다. 점심이 오기 전에 늙어 죽을 것 같은 기분이었다.

식사는 학생 식당의 공간 활용을 위해 학년별로 하게 돼 있다. 마침 1학년이 먼저 먹는 수산이라 다들 밥 먹을 준비를 하며 떠들썩하게 움직인다. 별로 배가 고픈 건 아닌데 끼니 거르지 말라는 주 관장의 당부가 생각나 나도 일단 아이들을 따라 일어선다.

학생 식당은 체육관 옆에 붙어 있다. 나는 끼리끼리 몰려다니는 아이들 틈에 섞여 혼자 조용히 건물 밖으로 나온다.

친구를 소중히 합시다.

식당 입구에 못 보던 팻말이 보인다. 행정실 캠페인 문구 하나만으로는 부족했던 모양이다. 친구를 소중히 합시다 팻말 근처에 식판을 세 개 든 남자아이가 초조하게 서 있다. 나는 안승범 패거리의 식판을 들고 부지런히 돌아다니던 서찬희의 모습을 떠올린다. 하여간 좆같은 학교다.

싫은 반찬이 가득 담긴 식판을 들고 아무도 없는 구석으로 와서 앉는다. 중학교 때나 지금이나 인기 있는 메뉴를 적게 퍼 주는 건 달라지지 않았다. 나는 말라비틀어진 멸치를 입에 넣고 씹으며 별생각 없이 주위를 둘러본다.

"권투 잘 하고 있냐?"

어디선가 나타난 강준혁이 식판도 없이 맞은편 의자에 걸터앉는다.

나는 손에 든 숟가락을 움직인다. 인류애가 넘치는 강준혁은 만날 때마다 꺼져 달라고 부탁하는데도 계속 말을 걸어온다.

"기말고사 끝나면 곧 방학인데, 너무 기간이 짧지 않아? 그 전에 챔피언 될 수 있겠어?"

"내가 왜 여기서 너랑 말하고 있어야 하는지 모르겠다."

강준혁은 팔짱을 끼고 의자에 깊숙이 기대앉아 이쪽을 지그시 본다. 뭔가 할 말이 있는 눈치다. 나는 의식하지 않고 먹던 밥이나 마저 먹으려고 했다. 생각처럼 잘되지 않는다.

바로 옆 체육관에서 훈련 중인 운동부는 밥을 미리 챙겨 먹기 때문에 등하교 때가 아니면 마주칠 일이 없다. 애석하게도 강준혁은 운동부가 아니라서 안승범처럼 무시하고 다니기가 힘들다.

잠시 신경질적인 침묵이 흐른다. 뭐라도 말하지 않으면 지쳐서 쓰러질 때까지 이러고 있을 것 같다.

"가서 밥이나 처먹어. 가만히 있는 사람한테 시비 걸지 말고."

먼저 입을 연 건 나다. 강준혁은 생각에 잠긴 표정으로 고개를 살짝 기울인다. 그리고 조금 뒤에 이렇게 묻는다.

"왜 안승범이랑 싸우려고 하냐? 뭣 때문에?"

이번에는 비꼬는 말투가 아니다.

나는 강준혁이 내 계획을 알고 있다는 사실에 놀란다. 그러나 곧 서점에서 있었던 일을 토대로 대충 넘겨짚었다는 걸 깨닫는다.

"내가 뭘 어쩌든 니가 무슨 상관인데?"

"역겨워서 그러지."

나는 식판을 앞으로 밀어 놓고 강준혁을 본다. 강준혁은 비틀린 웃음을 지으며 말을 잇는다.

"넌 존나 가식적인 새끼야. 알아? 왜 진작 나서지 않고 이제 와서? 어이없는 새끼."

"어이없다고? 내가?"

안승범 패거리가 서찬희를 괴롭힐 때 잠자코 지켜보던 당사자가 이런 말을 하니까 기가 찬다.

"그러는 넌? 가만히 앉아서 구경하는 거 말고 니가 한 게 뭐 있는데?"

내가 묻는다. 강준혁은 재미있다는 듯 이쪽을 살핀다.

"그렇게 다른 사람 탓을 하면 마음이 좀 편해져?"

강준혁이 되묻는다. 나는 대답하지 않는다. 강준혁은 약간 틈을 두고 다시 입을 연다.

"그럴 리 없겠지만, 아무튼 운이 좋아서 니가 안승범을 떡이 되도록 패 준다고 치자. 근데 거기에 대체 무슨 의미가 있냐?"

강준혁은 대답을 기다리지 않고 일어선다. 나는 하얗게 주먹을 쥐고 앉아 강준혁을 올려다본다. 그리고 몇 번이나 입을 열었다가 닫는다.

입가에 삐딱한 웃음을 머금은 강준혁은 잠시 내가 하는 꼴을 지켜보더니 몸을 돌리고 사라진다. 주인이 버리다시피 던지고 간 질문이 적당한 대답으로 상쇄되지 못한 채 그대로 식탁 위에 남는다.

강준혁을 향한 분노가 어느 정도 가라앉자 나는 강준혁이 남긴 질문에 대해 냉정하게 생각하지 않을 수 없었다.

안승범을 때려 주고 싶다는 마음에는 물론 변함이 없다. 병원에서, 그리고 체육관에서 이미 두 차례나 다진 마음이다. 어떻게든 이기겠다고 주 관장과 약속했다. 그 뒤의 일은 생각해 보지 않았다.

이 계획이 나중에 어떤 의미로 남게 될까. 그런 건 직접 겪어 보지 않는 이상 알 수 없다. 알 수 없는 걸 애매한 짐작으로 대충 이럴 것이다, 단정 짓는 건 바보 같은 짓이다.

그건 그때 가서 생각하자.

그렇게 결론 내리고 일어선다. 반쯤 남은 밥을 잔반통에 버린 뒤 식당 밖으로 나온다. 점점 차가워지는 날씨에 날카롭게 벼려진 바람이 전신을 훑는다.

계절이 바뀌는구나. 그런 생각을 하면서 옷깃을 여미고 학교 건물을 향해 빌을 뻗는다.

오전과 별로 다를 것 없는 오후가 지나간다. 안승범은 양아영이 말했던 것처럼 종례 시간에 잠깐 얼굴을 비친다. 나는 당분간 안승범을 없는 사람처럼 대하기로 마음먹는다. 별로 어렵지는 않을 거다. 안승범 역시 그러기로 마음먹은 듯하니까.

담임은 "오늘 우리 반에 어렵게 복학한 친구 있지? 다들 환영하는 마음으로 도와주길 바랄게. 선생님이 지켜볼 거야." 하고 종례를 마무리한다. 아무래도 어른들은 이런 어쭙잖은 배려가 아이들 사이에서 어떤 식으로 작용하는지 전혀 모르는 것 같다.

서찬희를 향한 괴롭힘이 심해질수록 담임은 줄기차게 다들 사이좋게 지내라, 친구를 괴롭히는 건 나쁜 행위다, 서로 보듬어 안는 학급이 되어야 한다, 는 훈계를 쏟아 냈다. 그런 말들이 용한 부적처럼 컴컴한 교실 벽에 붙어 아이들을 찬란한 빛으로 인도해 줄 거라고 믿는 듯했다.

차라리 모르는 척하고 넘어갔으면 그게 더 도움이 됐을 거다. 어른들의 겉만 번지르르한 감싸기는 결국 쟤는 약하다, 는 공인된 선언이나 다름없다.

관심을 가지고 지켜봐야 할 나약한 아이. 전에 서찬희가 그랬던 것처럼, 나에게도 그런 낙인이 찍혔다.

목구멍으로 울컥 짜증이 솟구치는 걸 느끼며 주위를 살핀다. 이쪽에 집중됐던 아이들의 시선이 후다닥 달아난다. 눈치 없는 양아영이 "오늘 힘들지 않았어?" 하고 물어보는 걸 무시하고 복도로 나온다.

먼저 나온 안승범이 패거리를 끼고 중앙 계단 앞에서 시끄럽게 떠들고 있다. 조금 돌아가더라도 복도 끝에 있는 계단으로 내려가는 게 낫겠다 싶어 몸을 돌린다. 왠지 도망치는 기분이라 속이 쓰리지만 어쩔 수 없다. 지금 안승범을 자극했다가 준비 없이 얻어맞기라도 하면 계획하고 있던 게 전부 망해 버린다. 교통사고로 부서진 몸이 어느 정도 회복됐는지도 아직 모르는 상태다. 병원에서 주기적으로 검진받기로 했지만 아직 한 번도 방문하지 않았다.

학교 뒷문으로 나오며 생각난 김에 병원에 들르기로 한다. 근처 정류장에서 버스 노선도를 살핀다. 생각보다 병원이 멀다. 어림잡아 한 시간에서 한 시간 반. 고작 공책 몇 권 전해 주겠다고 오갔던 양아영에게 새삼 미안한 기분이 든다. 걔가 뭐 엄청난 일을 한 건 아니지만 어쨌든.

버스 뒷좌석에 앉아 창밖을 보며 잡생각에 빠져 있다가 무겁게 쏟아지는 눈꺼풀을 닫는다. 그리고 기억도 잘 나지 않는 꿈 때문에 땀범벅이 돼서 눈을 뜬다. 잠을 설치면서도 오래 잤는지 병원에 거의 다 온 참이다.

언제나 그렇듯 병원 안에는 사람이 많다. 나는 로비에서 또 한 시간 넘게 기다린 끝에 겨우 검진을 받는다. 이것저것 물어보며 몸 상태를 살피는 의사는 입원 생활을 하며 익숙해진 담당 의사가 아니다.

"다행히 별 이상 없네요."

모니터에 뜬 기록을 읽던 의사가 시선을 돌리지 않고 말한다.

"무리하게 활동하는 건 아니죠? 아르바이트를 한다거나."

"운동은 좀 하는데요."

"운동?"

"권투요."

의사가 모니터에서 눈을 떼고 이쪽을 본다. 나는 황급히 덧붙인다.

"시합하는 건 아니고, 그냥 트레이닝만 가볍게 해요. 줄넘기나 달리기 같은 거."

"뭘 하든 격하게 움직이면 안 됩니다."

의사는 키보드를 두드리며 "머리는 안 아파요?" 하고 묻는다. 나는 어깨를 으쓱한다.

"아직 몸이 다 나은 게 아니니까 당분간 조심하도록 해요. 특히 머리에 충격 주는 일 없게 하시고."

의사와 면담한 후 이어서 물리치료를 받는다. 창구에서 계산까지 하면 병원에서의 일정은 끝이다. 그런데 나는 영수증을 받아 들고 잠깐 머뭇거린다. 예전 병실에 찾아가 볼까 하는 생각이 들었기 때문이다. 도도새 아줌마는 일을 그만뒀지만 박 할아버지는 남아 있을 테니까. 수 간호사도 있고. 퇴원하고 겨우 열흘 남짓 지났을 뿐인데 그때가 벌써 아득하다.

엘리베이터를 타고 입원실이 있는 층에 도착해 밖으로 발을 뻗는다. 천천히 복도를 지나다가 간호 스테이션 앞에서 눈에 익은 얼굴을 발견하고 걸음을 멈춘다.

"지금 나랑 장난쳐? 너 돌대가리야? 한 번 말하면 못 알아들어?"

수 간호사다. 수 간호사 앞에는 이쪽으로 등을 보이고 선 간호사가 한 명 더 있다. 화난 목소리의 간호사는 손에 든 서류철로 상대의 머리를 가볍게 툭툭 내리친다.

쿵, 하고.

어디선가 무너지는 소리가 들린다.

입원 생활을 할 때도 종종 봤던 광경이다. 환자 앞에서 드러내놓고 타박하지는 않지만 집요하게 이어지던 음습한 괴롭힘들. 처음 몇 번은 보지 말아야 할 걸 봤다는 생각에 모르는 척 지나갔다. 그리고 또. 그리고 또.

나는 수 간호사와 수 간호사를 대하는 다른 간호사들의 태도를 주의 깊게 관찰하기 시작했다. 거기에는 전에 눈치채지 못했던 익숙한 광경이 있었다. 안승범과, 안승범을 받들어 모시던 아이들. 그리고 조금씩 메말라 가던 시친희.

어디를 가도 있지. 수 간호사가 말했다.

등을 돌리고 엘리베이터 앞으로 돌아가서 버튼을 누른다. 그 사이 밑으로 내려갔던 엘리베이터가 뜸을 들이며 꾸물꾸물 올라온다.

은근슬쩍 두 사람 사이에 끼어들어서 도와줄 수도 있었다. 뻔뻔한 표정으로 아무 말이나 던지면 그만이니까. 그러나 그러지 못했다. 쉴 틈 없이 상대를 압박하며 서류철을 내리치던 사람이 다른 쪽 간호사가 아니라 수 간호사였기 때문이다.

심장이 방금 로드워크를 끝내고 온 것처럼 펄떡인다. 나는 가슴에 손바닥을 대고 진정시키려 한다.

이렇게 놀랄 일이야?

스스로에게 묻는다. 나도 모르는 사이에 수 간호사를 서찬희와 동일시한 걸까.

학생과 간호사는 다르다. 어쩌면 수 간호사는 병원에 근무하기 위해 꼭 필요한 일을 하고 있던 건지도 모른다. 내가 이해할 수 없는 어떤 이유로.

그게 아니잖아.

주먹을 쥐고 가볍게 허벅지를 때린다. 당장이라도 수 간호사에게 걸어가서 뭐가 어떻게 된 거냐고 묻고 싶다. 하지만 그러지 않는다. 도착한 엘리베이터에 올라타고 1층으로 내려가는 버튼을 누른다.

서찬희가 그러는 걸 봤다면 어땠을까. 아니, 서찬희가 다른 사람에게 그럴 수나 있을까. 물어보고 싶다. 너는 다른 사람을 그렇게 대할 수 있어?

서찬희는 아마 언제나처럼 어색한 웃음을 지어 보이며 글쎄, 하고 넘어갈 것이다. 그리고 또 언제나처럼 한참 시간이 지난 후에, 내가 그런 걸 물어봤다는 것조차 잊어버리고 있을 때쯤 와서 넌지시 대답하겠지. 혼자서 오랫동안 고민하고 내린 결론을.

너는 뭐라고 했을까?

병원에서 예상보다 훨씬 긴 시간을 보낸 탓에 체육관에 도착했을 땐 이미 산이 누나의 훈련이 끝난 뒤다. 주 관장은 내가 늦은 이유를 설명하기도 전에 귀찮다는 표정으로 "했던 거 또 하기 싫다. 산이 깨워서 도와 달라고 해. 끝나면 뒷정리하고." 하면서 체육관 열쇠를 던지고 사라진다.

산이 누나는 전에 주 관장이 그랬던 것처럼 카운터 밑에 늘어져서 수면을 취하는 중이다. 체육관 사람들의 전용 침실쯤 되는 곳이다. 나는 산이 누나를 깨우지 않고 문 옆에 열쇠를 건 나음 체육관 가운데로 가서 몸을 푼다. 며칠간 반복해서 같은 운동을 하고 있기 때문에 누가 옆에서 봐주지 않아도 상관없다. 간간이

들리는 산이 누나의 코 고는 소리를 뒤로하고 오늘 할 예정이었던 훈련을 하나씩 해 나간다.

운동을 마무리할 때쯤에는 완전히 녹초가 됐다. 수건으로 대충 얼굴을 닦는다. 왠지 아쉬운 기분이 들어 샌드백 앞에 서서 두어 번 어설픈 잽과 스트레이트를 날린다.

너 샌드백 면허 있어? 면허 안 따고 이거 이용하면 안 돼. 주 관장은 말도 안 되는 소리를 하면서 샌드백 근처에 오지 못하게 했다. 어, 맞아. 나도 면허 따는 데 1년 걸렸어. 산이 누나는 도움이 하나도 안 됐다.

몇 번 치고 나니까 손목이 아프다. 글러브를 끼면 덜할까 싶어 시큰거리는 손목을 돌리며 사물함 쪽으로 걸어간다. 휑하니 비어 있는 내 사물함 안에는 주 관장이 준 낡은 글러브 한 쌍만 덩그러니 놓여 있다.

글러브를 꺼내 손에 끼우려고 이리저리 매만진다. 엉킨 끈을 푸는 데 시간이 약간 걸린다. 혼자 손에 맞게 조이려니 쉽지 않다. 왼손은 오른손으로 해결했지만 남은 오른손이 문제다. 조금 헐겁더라도 대충 끼우는 게 낫겠다 싶어 무릎 사이에 글러브를 고정하고 오른손을 욱여넣는다. 그러다가 뭔가 눈에 띄어 움직임을 멈춘다.

Ⅰ.

글러브 안쪽에 새겨진 글자가 마음에 걸린다. 매직으로 대충 직 그은 선이 아니라 바르게 새겨 넣은 영문자다. 왼손에 낀 글러브를 벗어서 확인하니 이쪽도 마찬가지로 I, 라고 쓰여 있다.

아이. 작게 소리 내어 발음해 본다. 이걸 어디서 들었지?

곧 기억이 난다. 산이 누나가 퇴원하기 전에 만나러 간다던 사람 이름이다. 같은 체육관 사람이었구나. 근데 왜 주 관장은 이 사람이 누구인지 말해 주지 않았을까?

글러브를 들고 서서 잠시 생각에 잠겼다가 사물함 안에 도로 집어넣는다. 누군지도 모르는 사람의 물건에 손을 댄 기분이 들었기 때문이다.

산이 누나도 알고 주 관장도 아는 사람. 가끔 체육관 사람들이 산이 누나를 응원하러 두셋씩 찾아오곤 하는데 그중에서는 본 적이 없다.

"지금 몇 시야?"

화들짝 놀라 뒤를 돌아본다. 카운터 아래에서 부스스한 머리를 쓰다듬으며 산이 누나가 일어선다.

"뭘 그렇게 놀라? 돈이라도 훔쳤어?"

"훔치긴 뭘 훔쳐. 여기 뭐 개뿔도 없잖아."

산이 누나는 피로가 덜 풀렸는지 멍청한 표정으로 "무울." 하고 웅얼거린다. 이제 완전히 물 담당이다. 링 한쪽에 놓인 주전자를 산이 누나에게 가져다준다.

"찬영 오빠는 갔어?"

"귀찮다고 먼저 갔어. 나도 오늘 할 거는 다 했으니까 이제 정리만 하고 가면 돼."

산이 누나는 주전자를 내려놓고 하품과 함께 크게 기지개를 켠다. 나도 전염돼서 똑같이 하품하고 양팔을 높이 뻗는다.

"집 가서 자. 내가 정리할 테니까."

산이 누나는 벽에 걸린 열쇠를 챙겨 들고 체육관 창문을 닫는다. 나는 "오래 걸리는 것도 아닌데 같이 해." 하면서 정리를 돕는다. 주 관장이 떠맡기고 간 뒷정리는 금방 마무리된다. 산이 누나와 함께 체육관 문을 잠그고 밖으로 나온다.

오가는 사람이 별로 보이지 않는 캄캄한 밤이다. 나는 버스를 타지만 산이 누나는 근처에 살아서 그럴 필요가 없다. 우리는 중간까지 같이 가기로 한다.

"우리 젊은 유망주한테 기대가 커."

나란히 걸으면서 산이 누나가 실없는 소리를 한다.

"유망주는 누나지. 나한테 뭐 기대하지 마."

"그래 놓고 나보다 먼저 프로 데뷔하는 거 아냐?"

"프로는 무슨. 링 위에 올라갈 생각도 없네요."

"시합을 아예 안 한다고? 왜?"

산이 누나는 여전히 내가 권투 때문에 체육관에 다니는 줄 안다. 막연하게 누나가 이미 눈치챈 게 아닐까 짐작했는데 아니었다.

"고통스러운 게 싫어서."

왠지 나는 솔직하게 말하지 못한다.

"야, 트레이닝은 안 고통스러워?"

산이 누나가 웃는다.

"트레이닝이랑은 다르지. 난 그냥 강해지고 싶어. 약한 게 지긋지긋해. 누나 같은 사람은 이해하지 못하겠지만."

"뭘 이해 못 해? 나도 똑같아."

산이 누나가 말한다. 나는 어리둥절해서 산이 누나를 본다.

"아니, 누나만큼 강한 사람이 어딨다고 그런 소리를 해? 아무나 붙잡고 한 대 쳐 봐. 바로 실려 갈걸."

"너부터 쳐 보자."

산이 누나가 주먹을 쥐고 장난스럽게 내 턱을 툭 건드린다.

조금 뒤에 멀리서 버스 정류장이 나타난다. 산이 누나가 자취하는 집은 한 블록 전에서 꺾어 들어가야 했으므로 우리는 멈춰서서 인사를 나눈다.

"지금처럼만 해. 지금처럼 까불라는 건 아니고."

"그게 내 매력인데."

"그러시겠지. 내일 보자."

산이 누나가 몸을 돌려 걸어가려는 걸 나도 모르게 붙잡는다.

"잠깐만, 누나."

이걸 물어봐야겠다는 생각이 든다.

"관장님이 나한테 빌려준 글러브, 아이라는 사람 거지? 누구야 그 사람? 체육관에서 못 본 거 같은데."

주 관장이 대답을 피한 걸로 봐서 불편한 질문이라는 건 어느 정도 예상했다. 하지만 산이 누나가 굳은 표정으로 숨을 삼키는 걸 보니 역시 괜한 질문을 했다는 후회가 밀려온다.

"어, 뭐 굳이 말 안 해 줘도 돼……."

나는 어색하게 말끝을 흐린다. 적당히 무시하고 넘어가도 괜찮은데 산이 누나는 제자리에 서서 대답할 말을 고민하는 눈치다.

"아이는 내 친구야."

이윽고 산이 누나가 말한다.

"아니, 우리는 친구였어."

나는 아무 말도 하지 못한다. 산이 누나는 거기까지만 말하고 손을 흔든다.

"그게 다야. 내일은 늦지 마."

멀어지는 산이 누나를 보며 생각한다.

우리는 친구였다. 이상한 말이지만 내게도 그렇게밖에 설명할 수 없는 사람이 한 명 있다.

어째서 우리는 친구였을까? 왜 우리는 서로를 더 이상 친구라고 말할 수 없게 됐을까?

정류장 구석에 비스듬히 기대어 서서 차들이 오가는 도로 저편을 하염없이 바라본다. 내가 타야 할 버스는 오랫동안 오지 않는다.

07 당연하지 않은 것들

매일 아침 학교 앞에서 환하게 웃는 서찬희를 본다. 얼굴 아래 적힌 진실을 밝혀 주세요, 라는 문구와 함께. 서찬희 아버지는 학교 측이 설명한 사고 내용을 인정할 수 없다고 주장했다. 하지만 내가 없는 사이에 일상이 된 1인 시위는 누구의 관심도 받지 못했다.

처음 서찬희의 얼굴과 마주했을 때 칼에 찔린 것처럼 날카로운 통증을 느끼며 자리를 피했던 기억이 난다. 다른 애들도 처음에는 그랬을까. 동상처럼 교문 옆에 버티고 선 서찬희 아버지는 이제 조금 이질적인 풍경에 불과할 뿐이다.

습관이 된 건지 교실에 들어오면 창문 밖부터 본다. 서찬희 아버지는 늘 1교시가 시작하기 전에 자리를 정리한다. 아침 일찍 병실에 왔다가 급하게 떠났던 우리 엄마 아빠처럼, 일을 하러 가는 것이다.

병원에 오랫동안 입원해 있다 보면 싫어도 깨닫게 된다. 삶은 그럴듯한 결말이 아니라 구차한 과정의 연속이라는 걸. 조각난 마음을 품고 살 수는 있어도 부서진 몸으로 사는 건 불가능하다. 어쨌든 밥을 먹어야 내일도 있는 법이다.

"뭐 해?"

복학한 뒤 학교에서 내게 말을 거는 사람은 딱 두 명뿐이다. 빌어먹을 강준혁 새끼랑 반장 양아영.

이해할 수 없지만, 양아영은 반에서 인기가 많다. 강준혁과 말할 때는 아무도 내게 관심을 주지 않는데 양아영과 말하면 기다렸다는 듯 여기저기서 불편한 시선이 날아온다. 강준혁과의 대화는 그 새끼가 좆같은 놈이라서 싫고, 양아영과의 대화는 주변 시선이 부담스러워서 싫다.

"아무것도 안 해."

나는 책상 옆으로 와서 알은체하는 양아영을 무시하고 가방 안에 든 책을 꺼낸다. 읽으려는 건 아니고 수업하기 전까지 베개로 쓸까 해서.

"내 노트 아직도 가지고 다니네?"

아무거나 꺼내 쌓는다는 게 양아영이 쓴 공책까지 집어 들었나 보다.

"이게 왜 니 노트야? 내 노트지."

"그래. 내가 준 니 노트."

양아영이 눈을 흘기며 웃는다. 오늘 양아영은 이상하게 기분이 좋아 보인다. 며칠 전에 본 모의고사 성적이 잘 나와서 그런가? 양아영이라면 충분히 그럴 가능성이 있다.

"기말고사 준비는 잘돼?"

"담임이 그런 것까지 신경 쓰래?"

책상 위에 엎드리며 투덜거린다. 양아영이 가볍게 한숨을 쉰다.

"너는 왜 매사에 그렇게 삐딱해?"

"양아영. 삐딱하다는 건 상대적인 개념이야. 난 똑바로 있는데 매사가 기운 걸 수도 있어."

양아영이 그게 무슨 병신 같은 농담이지? 하는 표정을 짓는다. 나는 애써 태연한 척 고개를 돌리고 헛기침한다.

"주말에 산이 언니 시합하는 거 들었어?"

양아영이 묻는다.

"시합?"

"같은 체육관 다닌다면서. 못 들었어?"

수 간호사에게 받은 결승 티켓은 기한이 아직 한 달 남았다. 그 전의 자잘한 일정 같은 건 누가 말해 주지 않는 이상 알 도리가 없다. 주 관장도 산이 누나도 그런 쪽으로는 둔감하다.

"이제 내 체육관 일까지 간섭하냐?"

나는 괜히 짜증을 낸다. 양아영은 입술을 쭉 내밀고 "웃기셔. 세상 모든 일이 니 위주로 돌아가는 거 같아? 나도 산이 언니랑 친하거든." 하고 대꾸한다.

생각해 보니 양아영은 주기적으로 병문안을 오면서 여러 사람에게 퍽 살갑게 굴었던 것 같다. 병원에서 양아영과 서먹하게 지낸 사람은 내가 유일하지 않을까.

"일요일 오후에 시민스포츠센터에서 한대. 어딘지 알지?"

"알아. 그건 왜 물어?"

"갈 거야?"

"별일 없으면."

양아영이 어이가 없다는 듯 코웃음 친다.

"별일 없잖아."

"그걸 니가 어떻게 알아?"

"갈 때 나도 같이 가."

양아영의 기습적인 제안에 나도 모르게 "어? 어어." 하고 멍청한 소리를 낸다. 말도 뭣도 아닌 그냥 소리였다. 양아영은 그걸 대답이라고 생각했는지 "전화해. 내 번호 알지? 거기 내가 준 니 노트에 적혀 있잖아."라며 신경 긁는 소리를 하고는 휑하니 자기 자리로 돌아간다.

어안이 벙벙해서 양아영의 뒷모습을 좇다가 다시 창밖으로 시선을 돌린다. 서찬희 아버지는 이미 가고 없다. 책 위에 엎드려 눈을 감는다. 어딘가에서 튀어나온 손아귀에 발목이 잡혀 한없이 허우적거리는 꿈을 꾼다.

아무 이유도 없이 소스라치게 놀라 자리에서 일어선다. 맥박이 혈관을 때리는 망치처럼 울린다. 3초쯤 그렇게 서 있다가 비로소 내가 아무도 없는 교실 안에 혼자 있다는 걸 깨닫는다. 뻑뻑한 눈을 비비고 벽에 걸린 시계를 본다. 짧은 바늘이 11의 반을 넘었다. 4교시는 체육 시간이다.

복학하고 며칠이 지났지만 선생님들은 아직까지 나를 부서지기 쉬운 물건처럼 다룬다. 수업 시간에 잠을 자면 아무도 깨우지 않는다. 뭐 할 생각 말고 그냥 교실에서 푹 쉬어라. 괜히 나왔다가 잘못되면 골치 아파. 체육 선생이 귀찮다는 듯 한마디 뱉고부터는 체육 시간까지 노는 시간이 됐다. 교복을 새로 맞추면서 안 사고 버티던 체육복도 같이 구입했는데 덕분에 입고 나갈 일이 별로 없었다.

언제나 북적이는 교실 안에 혼자 남는 건 몇 번을 당해도 익숙해지지 않는 일이다. 떨떠름한 기분으로 교과서를 펼친다. 양아영에게는 아무렇지도 않은 척했지만 사실 나는 우리를 부수고 나온 미친 사자에게 쫓기는 심정으로 시험에 대비하고 있다. 기말고사 성적이 좋지 않으면 학원에 끌려가게 될 가능성이 높았기 때문이다. 그거 자체로는 별일 아니지만 체육관에 다니는 시간이 없어지는 게 문제다.

교과서를 읽으며 알고 싶지도 않은 복잡한 이론을 공부하다 보니 괜한 분통이 터진다. 지금 내가 하고 싶은 일, 해야 할 일을 늘어놓고 순서를 정한다면 학업은 무조건 최하위로 떨어진다. 이놈의 좆같은 공부는 해서 뭐 한단 말인가.

고개를 들고 교실의 한적한 풍경을 둘러본다. 보지 않으려고 해도 마지막에는 꼭 바로 옆 책상 위에 놓인 하얀 꽃에 시선을 빼앗긴다. 열린 창문으로 들어오는 바람에 밀려 싱싱한 꽃잎이 희미하게 흔들린다.

복학 신청 때문에 잠깐 왔을 때부터 지금까지 쭉 꽃이 놓여 있는 걸 봤다. 시들 때쯤 되면 어느 순간 새것으로 바뀐다. 누군가 꾸준히 서찬희의 빈자리를 채워 넣고 있는 것이다.

처음에는 담임이 그러는 거라고 생각했다. 아니었다. 담임도 누군지 모르는 눈치였다. 그러면 양아영? 서찬희 아버지? 하지만 어느 쪽이든 상관없다. 어쨌거나 무의미한 짓이니까.

주먹을 쥐고 오랫동안 서찬희의 자리를 본다. 갑자기 숨이 막힌다. 답답한 가슴을 움켜쥐고 창가로 걸어가 차가운 공기를 들이마신다.

공 하나를 두고 우르르 몰려다니는 반 애들이 보인다. 양아영이 앞에 떨어진 공을 엄청난 기세로 걷어찬다. 골키퍼는 놀라서 기절한 건지 막을 생각도 없이 서 있다. 저 정도 슛이면 양아영 팀에 30점은 줘야 되겠는데.

한동안 운동장을 구경하다가 멀리 화단 쪽에서 어딘가 찝찝한 분위기를 풍기는 무리가 지나가는 걸 본다. 어색하게 어깨동무한 세 사람이 분리수거장 쪽으로 사라진다.

창문에서 떨어져 나와 어떻게 할까 고민한다. 분리수거장은 학교 미관을 고려해 건물에서 조금 떨어진 곳에 작게 만든 장소다. 지저분하고 냄새나지만 눈에 띄지 않기 때문에 흡연자들이 열광적으로 애용한다. 세 사람이 사이좋게 담배를 태우며 훈훈한 우정을 다질 가능성은 그리 커 보이지 않는다.

굳이 나설 필요 없이 교무실로 가서 선생님들에게 알릴 수도 있다. 장기적으로 보면 아무 도움도 안 되지만 당장의 상황을 넘기는 정도라면 그런대로 괜찮은 방법이다. 하지만 그렇게 할 경우 선생님들에게 일러바친 사람이 나라는 게 밝혀질 위험이 크다.

어렵게 마음을 정하고 복도로 나온다. 걸어가면서도 에이 씨발 창밖은 왜 봐 가지고, 하는 생각이 든다. 아무것도 안 하고 체육 시간이 끝날 때까지 교실에 처박혀 있을 수도 있다. 그러나 모르는 척 지나치고 싶지 않다. 입원 생활을 하며 다진 마음이 내키지 않는 등을 떠민다.

겁내지 말고 걸어. 앞으로 가.

이렇게 멍청할 수가 있을까? 건물 벽에 바짝 붙어서 분리수거장을 훔쳐보며 생각한다. 따지고 보면 당연한 일이다. 일반 학생이라면 수업 도중에 세 명이나 함께 교실을 빠져나올 수 없다.

셋 중에 한 명은 아는 얼굴이다. 우리 반은 아니지만 복도를 오가며 몇 번 봤다. 나머지 둘은 낯설다. 다른 층을 쓰는 상급생들인 게 분명했다. 2학년? 3학년? 검은 띠로 묶은 도복이 한쪽에 나란히 방치돼 있는 게 보인다. 분리수거장 앞의 인간들은 안승범과 같은 운동부 소속이다.

"똑바로 서."

키가 훤칠하고 여드름이 수북이 박힌 뿔테 안경이 1학년의 몸을 걸어찬다. 모래알을 쏟는 것처럼 거친 신음이 터진다.

"내가 눈깔 관리 똑바로 하라고 했지?"

"죄송합니다."

뿔테 옆의 덩치가 비웃음을 한가득 머금는다.

세 사람이 운동부라는 걸 알아차린 나는 왠지 아니꼬운 심정으로 분리수거장에서 벌어지는 일을 지켜본다. 안승범도 운동부 선배한테 맞았을까? 운동부는 내부에서도 행패가 심하다고 하니 아마 몇 번은 맞았겠지. 그게 지금이었어야 하는데.

"아, 담배 땡긴다. 요새 스트레스 존나 쌓이네. 후배 새끼가 노려보지를 않나."

덩치가 말한다. 1학년이 이마에 흐르는 땀을 닦고 더듬거리며 입을 연다.

"노려본 게 아니라, 제가 눈이 안 좋아서……."

"좆까는 소리 할래?"

뿔테가 허세 가득한 몸짓으로 뛰어서 발차기를 날린다. 1학년은 멀리 나가떨어졌다가 힘겹게 일어나 다시 뿔테 앞에 선다.

"잘못했어요."

"잘못했어요래."

덩치가 낄낄거린다. 뿔테의 손바닥이 1학년 뺨을 후려친다.

"요? 요, 이 씨발 새끼야?"

"잘못했습니다."

운동부에서는 끝말이 무조건 다, 혹은 까, 여야 한다는 이야기를 들었다. 군대에서 쓰는 말투다. 왜 그런 이상한 관습을 가져다 쓰는지 모를 일이다.

나는 운동장과 분리수거장, 어느 쪽에서도 보이지 않도록 몸을 낮게 숙이고 조용히 서 있다. 1학년은 계속 맞는다. 똑같이 운동하는 입장이니 한 번쯤 반항해 볼 법도 한데 병신처럼 맞고

만 있다. 당연하지 않은 것들이 당연해질 때, 사람은 그렇게 병신 같아진다.

"그만하세요."

몸을 펴고 앞으로 걸어가며 말한다. 당당하게 서서 얕보이지 않으려고 했는데 목소리가 지랄같이 떨린다. 뿔테와 덩치가 흠칫 놀라 고개를 돌린다.

"아 씨발, 뭐 온 줄 알았네."

"뭐야 넌?"

덩치가 묻는다.

"전……,"

무작정 나온 거라 준비한 말이 없다. 뭐라고 대답하면 좋을까 고민하는데 뿔테가 갑자기 아, 하고 나를 가리킨다.

"나 이 새끼 알아. 너 안승범 패거리지?"

안승범 패거리?

이 우주에는 오해의 종류가 무수히 많지만, 그중에서도 내가 가장 받고 싶지 않은 오해가 바로 이거다. 나도 모르게 화가 나서 뿔테를 쳐다본다.

"안승범 이 새끼는 애들 관리 안 하나?"

"너도 처맞을래?"

덩치가 손가락을 꺾으면서 이쪽으로 온다. 얇고 단단한 뿔테와 달리 덩치의 상체엔 부담스럽게 두꺼운 근육이 덕지덕지 붙었다. 헤비급 정도는 되지 않을까 싶다. 주 관장이 고등부 태권도를 기준으로 잰 내 체급은 페더였다. 안승범의 라이트 미들과는 네 체급이나 차이가 나고, 덩치의 헤비와는 무려 일곱 체급의 차이가 있다.

타고난 골격은 극복할 수 없어. 주 관장이 거듭 강조한 사실이다. 피를 토하며 단련해도 안 되는 건 안 되는 거야. 싸움에서 몸의 무게는 니가 생각하는 것보다 훨씬 중요해.

몸에서 힘이 빠져나간다. 싸우자 개새끼들아. 나는 머릿속으로만 당당하다. 뿔테를 노려보던 눈은 벌써 땅바닥 어딘가로 떨어져 내렸다.

싸우자고. 다시 입 모양으로만 속삭인다. 주먹을 쥐려고 했지만 맥없이 떨릴 뿐이다.

"안승범이, 오시라고."

내가 말한다.

"뭐?"

"체육이 찾는다고……, 빨리 오시래요."

개미 발소리도 이거보다는 크겠다.

뿔테와 덩치는 서로 마주 보고 뭐라고 의견을 나누더니 욕을 하면서 도복을 주워 든다.

"씨발, 갑자기 왜 오라 마라 지랄이야."

비겁한 새끼.

어딘가에서 내가 말한다. 떨고 있는 나는 마치 내가 아닌 것처럼, 길거리에 굴러다니는 찌그러진 깡통처럼 느껴진다.

도복을 어깨에 걸친 뿔테가 내 옆을 지나가며 예고 없이 복부에 주먹을 날린다. 나는 명치가 뚫린 것 같은 고통을 느끼며 바닥에 주저앉는다.

"곧 시합이라 사고 치기 싫어서 봐주는 거야. 운 좋은 줄 알아."

마음만 먹으면 얼마든지 싸울 수 있다. 하지만 주 관장은 준비가 되기 전까지 몸을 사려야 한다고 말했다. 그러니 아직은 어디에도 나설 수 없다. 더 중요한 일이 있으니까. 내가 비겁한 게 아니니까.

병신 새끼.

억지로 울음을 삼킨다. 여기서 꼴사납게 울면 이번에야말로 죄다 포기하고 우중충한 병실 구석으로 쫓기듯 도망쳐 버릴 것 같다.

4교시가 끝나고 점심을 알리는 종소리가 들려왔지만 나는 한참 동안 분리수거장에 널브러져 있다. 공포가 빠져나간 후에는 사막같이 뜨거운 허무가 뒤를 잇는다.

아직 더 할 수 있잖아.

주 관장은 내가 언제 훈련을 포기하려고 하는지 귀신같이 알아차렸다. 산이 누나와 함께 로드워크를 뛸 때, 쉬지 않고 줄넘기를 할 때, 길고 힘겨운 스쾃의 마지막 세트를 넘길 때. 주 관장은 인사를 건네듯 대수롭지 않은 투로 말하곤 했다.

아직 더 할 수 있어. 계속해.

나는 가까스로 감정을 추스르고 자리에서 일어난다. 주 관장의 듣기 싫은 목소리를 목발로 삼아 절뚝거리며 걷는다.

체육관에 다니면서 스스로가 조금은 달라졌다고 여겼다. 적어도 입원하기 전보다는 나은 인간이 되어 간다고 믿었던 것이다. 분리수거장에서 겪은 일은 내가 예상했던 것보다 더 크게 나를 흔들어 놓았다.

남은 수업이 어떻게 지나갔는지 모르겠다. 종례가 끝나고 가방을 챙긴다. 기력 없이 어깨를 늘어뜨리고 간신히 교실 밖으로 걸어 나온다. 양아영이 뭐라고 말을 걸며 쫓아왔지만 대충 손사래를 치고 외면한다. 그나마 다행인 건 분리수거장에서 이름을 판 안승범이 여전히 나를 내버려두고 있다는 거다.

정류장 앞에 서서 버스를 기다린다. 체육관으로 가는 버스가 왔지만 왠지 나는 움직이지 못한다. 그렇게 두 대를 보낸다. 꽤 오래 그러고 있었던 것 같다.

어깨를 무겁게 누르는 가방끈을 고쳐 메고 집을 향해 걷는다. 일요일 하루만 쉬고 나머지는 빠짐없이 나올 것, 이라고 주 관장이 단단히 일렀지만 그런 건 아무래도 좋았다. 몸에 뜨거운 물을 끼얹은 다음 저녁 내내 누워 있고 싶다.

집에 도착하자마자 가방을 던지고 욕실에 들어가 옷을 벗는다. 흐린 거울 너머로 부실하게 생긴 남자아이가 이쪽을 본다. 한 대 힘껏 치면 금방 바스러질 것처럼 나약한 몰골이다.

샤워기를 틀고 배수구로 흘러드는 물줄기를 아무 생각 없이 바라본다. 눈을 감으면 여러 사람의 얼굴이 보인다. 안승범. 강준혁. 그리고 나머지 개새끼들.

씻고 나서 가벼운 옷차림으로 갈아입은 뒤 방 안에 누워 있는데 집 전화가 울린다. 기다리면 알아서 끊어지겠지, 했는데 그럴 기색이 없다. 벨소리가 정확히 열다섯 번 울렸을 때 나는 신경질적으로 일어나서 수화기를 집어 든다.

"여보세요."

"여보세요."

조심스러운 여자 목소리다.

"네, 여보세요."

왠지 나는 한 번 더 여보세요, 하고 고집스럽게 말을 받는다. 가끔 나는 병신 같다는 걸 알면서도 그런 짓을 할 때가 있다.

"거기 이수애 씨 댁 아닌가요?"

상대는 당황한 기색으로 엄마의 이름을 대며 전화를 잘못 건 게 아닌지 확인한다.

"맞는데요. 누구세요?"

"전 이수애 씨 친군데……, 혹시 아드님 되시나요?"

그제야 나는 전화를 건 사람이 누군지 알아차린다.

"도도새 아줌마?"

"아, 오랜만이네. 퇴원한 거야? 건강하지?"

그리고 일상적인 안부가 오간다. 도도새 아줌마는 엄마를 만나러 오고 싶다고 했다.

갑자기 무슨 일일까. 아줌마는 병원에서 느닷없이 사라진 후 한 번도 연락을 해 온 적이 없다.

"엄마랑 약속은 잡으셨어요?" 하고 물었더니 "그런 건 아니야. 염치없이 미안해." 하며 한숨을 내쉰다. 왠지 괴롭게 느껴지는 한숨이다.

나는 엄마가 퇴근하는 시간을 알려 준 뒤 다시 전화 달라고 말한다.

"집이 대충 어디쯤이니? 근처에서 기다릴게. 오랜만에 얼굴이나 볼까?"

무슨 사정인지 갈 곳이 없다는 투다. 나는 들고 있던 수화기를 다른 손으로 옮겨 쥐고 머뭇거린다.

오늘은 어쩐지 후회되는 선택을 많이 하게 되는 것 같다.

"……펜 있으세요?"

나는 도도새 아줌마에게 집 근처 정류장으로 오는 길을 알려준다. 정류장 바로 앞에 있는 카페에서 만나자고. 도도새 아줌마는 조금 기운이 붙은 목소리로 "그래, 고마워. 20분 정도 걸릴 거야." 하고 전화를 끊는다.

도도새 아줌마의 방문이 귀찮기는 했지만 혼자 방바닥에 누워 비참한 기분을 곱씹는 것보다는 이게 나을 것 같다. 양말을 신고 옷장에서 얇은 코트를 꺼내 입는다. 엄마는 오늘 좀 일찍 퇴근한다고 했으니 한 시간 정도 기다리면 된다. 그때까지 도도새 아줌마와 뭐라도 마시면서 이야기를 나누는 것도 나쁘지 않을 거다.

저녁 7시를 조금 넘긴 시간인데 사방이 벌써 캄캄하다. 골목을 지나 거리로 나오자 살갑게 붙은 연인들이 심심찮게 돌아다닌다. 나는 무의식적으로 양아영을 떠올리다가 화들짝 놀란다. 아니 내가 왜 개 생각을 하고 있지?

도도새 아줌마는 먼저 도착해서 1층 창가 자리에 앉아 여느 때처럼 냅킨 위에 뭔가 그리는 중이다. 카페 문을 열고 들어가 계산대에서 매장 추천 블렌딩 커피를 한 잔 주문하고 도도새 아줌마가 있는 자리로 향한다.

도도새 아줌마는 내가 맞은편 의자를 끌어다 앉자 그제야 고개를 들고 "어, 생각보다 일찍 왔네." 하고 인사한다.

"뭐예요?"

냅킨을 엿보며 묻는다. 도도새 아줌마는 냅킨을 이쪽으로 쓱 밀고는 "가져가. 선물이야." 하고 말한다.

병원에 있을 때도 아줌마는 의인화한 새 그림을 다른 사람들에게 선물로 주곤 했다. 닭, 까마귀, 독수리, 부엉이. 엄마는 나무 기둥에 발톱을 박고 부리질하는 딱따구리였다.

병실 안의 사람들은 다들 그림을 두어 장씩 받았는데 나만 못 받았다. 도도새 아줌마는 그게 마음에 걸렸는지 넌 그리기 힘든 스타일이야, 하고 변명하듯 말했다. 그리기 힘든 스타일이라는 게 어떤 건지 모르겠지만 아무튼 나는 그렇군요, 하고 이해하는 시늉을 했다. 그림을 받지 못해서 섭섭했던 적은 없다.

"이게 저예요?"

냅킨을 내려다보며 묻는다. 도도새 아줌마는 커피 잔을 들고 보일 듯 말 듯 고개를 끄덕인다. 냅킨에 그려진 건 새가 아니다. 아니, 아마도 새가 맞긴 할 테지만 무슨 새인지는 아직 알 수 없다.

아줌마는 둥지에 싸인 알을 그렸다.

"제가 원하는 새가 이 안에 있어요?"

장난스럽게 묻는다. 그런 소설이 있다고 들었다. 자꾸만 자기 마음에 드는 양을 그려 달라고 귀찮게 구는 외계인에게 구멍 뚫린 상자를 그려 주고 안에 있다고 했더니 비로소 만족하더라는.

그건 사기 아닌가. 소설 내용을 듣고 사기당한 외계인이 조금 불쌍하다는 생각을 했다.

"원하는 새가 안에 있는 건 아니지."

도도새 아줌마는 커피를 한 모금 마시고 나서 진지한 목소리로 대답한다. 왠지 아줌마가 어리석은 비판을 대하는 능숙한 예술가처럼 느껴진다. 유명한 그림책 작가라는 말이 아주 뻥은 아닌 것 같다.

"고마워요."

나는 냅킨을 주머니에 넣는다.

"키가 조금 컸네."

도도새 아줌마가 말한다. 아무도 그런 말을 한 적 없었기 때문에 나는 "그래요?" 하면서 정말로 키가 컸는지 생각한다. 한창 클 나이라고 해도 내가 크고 있다는 느낌을 받은 적은 없다.

"아줌마는 좀……." 야위었네요, 하고 말하려다가 입을 다문다. 도도새 아줌마는 못 본 새 눈에 띄게 왜소해졌다. 눈 밑에 그늘이 졌고 안색도 좋지 않다.

"어머니는 잘 있지? 식당은 잘되고?"

도도새 아줌마가 부자연스럽게 화제를 돌린다. 나는 "뭐, 평소랑 비슷하죠." 하고 대답한다. 갑작스럽게 떠난 후에 도도새 아줌마가 어떻게 지냈는지 궁금했지만 묻지 않는다.

어색하게 마주 앉아 서로 할 말을 찾던 중 마침 내가 주문한 커피가 나온다. 나는 자리에서 일어나 최대한 시간을 들여 커피를 받아 온다. 뭔가 있어 보이는 원두를 섞은 추천 메뉴라길래 시켜 본 커피는 맛이 놀라웠다. 한 모금 마셨는데 표정 관리가 안 된다. 아니 씨발 여기서는 이따위 걸 커피라고 판단 말이야?

"도전에는 대가가 따르는 법이지."

도도새 아줌마가 웃는다. 나는 커피 잔을 내려놓고 "당근주스보다는 맛있어요." 하고 말한다. 거짓말이다. 당근주스는 마실 수 있잖아.

"우리 딸은 카페 오면 꼭 아이스 아메리카노만 마시더라."

이렇게 말하는 도도새 아줌마는 어딘가 슬퍼 보인다.

"우리 딸이……."

아줌마는 말을 잇지 못하고 고개를 떨어뜨린다.

"엄마 곧 오실 거예요."

아무짝에도 쓸모없는 말이라는 건 알지만 그래도 나는 주문처럼 입을 연다. 뭔가 해야 한다는 생각이 들었지만 뭘 어떻게 해야 할지 모르겠다.

도도새 아줌마는 오랫동안 말없이 앉아 있다. 나는 시간이 빠르게 지나기를 기다리며 자리를 지킨다. 도도새 아줌마가 울기 시작한다.

08 지금껏 잊고 있던 기억

시민스포츠센터는 시에서 조성한 공원을 지나 조금 더 걸어가면 나온다. 체육관 사람들 차를 얻어 타면 편하게 경기장에 올 수 있었지만 양아영이 쓸데없이 같이 가자고 하는 바람에 대중교통을 이용해야 했다.

공원 입구에 도착해서 양아영을 기다린다. 주말이면 발 디딜 틈 없이 붐비는 곳인데 쌀쌀해지는 날씨 탓인지 사람이 많지는 않다. 공원 가운데 높이 솟은 시계탑이 12시 10분을 지난다. 시합은 오후 1시부터다. 정오에 만나자며 일방적으로 통보한 양아영은 10분 늦은 지금도 올 기미가 보이지 않는다. 코트를 단단히 여미고 근처에 늘어선 의자에 가서 앉는다.

공원 한복판에 웬 아저씨가 아이스크림, 이라고 크게 써 붙인 아이스박스를 땅바닥에 놓고 장사하는 모습이 눈에 들어온다. 이제 겨울이 코앞인데 어떤 용맹한 인간이 이런 날씨에 아이스크림을 사겠냐.

양아영은 시계탑이 정확히 12시 17분을 가리킬 때 도착한다. 뛰어왔는지 앞에서 숨을 고르더니 "좀 늦었지? 미안." 하고 사과한다. 나는 "야, 누구는 한참 전에 미리 와서 기다리는데," 하며 고개를 들다가 그대로 굳는다.

병원에서 만날 때도 항상 교복 차림이었기 때문에 평상복을 입은 양아영은 오늘 처음 본다. 양아영과 목소리만 비슷한 다른 사람이라고 해도 믿겠다.

"왜? 너무 예뻐서 할 말을 잃었냐?"

양아영이 의기양양하게 묻는다. 평소처럼 뭔 헛소리야, 하고 대충 받아치면 되는데 말이 꼬여서 우물우물 아무 대꾸도 못 한다. 그러자 양아영도 입을 다문다.

잠시 서로 마주 보며 할 말을 찾는 이상한 침묵의 순간이 온다.

"아이스크림 먹자."

이윽고 내가 대단히 용맹한 소리를 꺼낸다. 양아영은 기다렸다는 듯 "늦었으니까 내가 살게." 하고 몸을 돌린다. 양아영에게 나는 어떻게 보일까. 무의식적으로 생각에 잠겼다가 퍼뜩 고개를 젓는다. 어떻게 보이면 뭐? 어쩌라고?

시민스포츠센터는 외부에서 구매한 음식은 반입 금지다. 아이스크림을 손에 든 양아영과 나는 시합 시작 전까지 바깥에서 시간을 때우기로 한다.

"병원 사람들은 어때? 다들 잘 지내셔?"

걸어가며 양아영이 묻는다.

"양아영. 너도 그만 진실을 알 때가 됐어. 병원은 잘 지내지 못하는 사람들이 있는 곳이야."

"그럴 수가."

복도에서 수 간호사를 보고 도망치듯 돌아섰던 기억이 떠오른다. 집 앞으로 찾아와 울던 도도새 아줌마 모습도.

도도새 아줌마는 엄마를 만나서 한참 이야기하다 갔다. 어디로 갔는지는 모르겠다. 나는 내 방으로 들어와 오지 않는 잠을 청하려고 애썼다.

아줌마는 알코올중독자였다. 야근이 잦은 남편을 늦게까지 기다리며 가볍게 한두 잔 기울이던 게 시작이었다. 한두 잔은 서너 잔이 됐고, 서너 잔은 다시 한두 병으로 늘었다.

술에 취한 도도새 아줌마는 딸에게 주사를 부렸다. 사소한 잘못을 핑계로 매를 드는 날이 많았다. 체벌은 손찌검이 됐고, 엄마와 딸의 관계는 조금씩 서먹해졌다. 도도새 아줌마는 몸에 알코올 기운이 돌지 않으면 견딜 수가 없었다.

"도도새 아줌마한테 딸 있는 거 알아?"

나도 모르게 입을 연다. 양아영은 어느새 과자 부분만 남은 아이스크림을 뜯어 먹으며 대답한다.

"들었어. 우리보다 나이 많대."

"사이 안 좋다더라."

"그래?"

도도새 아줌마가 병원에 들어온 건 일종의 도피였다. 남편은 알코올중독 치료 센터를 권했지만 그런 곳으로 들어가 버리면 자신이 진짜 중독자라는 걸 인정하는 꼴이 될 것 같아 거절했다.

그러나 아무리 마음을 독하게 먹어도 혼자만의 힘으로 술을 끊는 건 불가능했다. 새사람이 되겠다며 호언장담했다가 무너지는 과정을 반복하면서 아줌마는 딸이 엄마에게 품고 있던 일말의 희망마저 버리는 걸 보았다.

가족들 몰래 집을 빠져나와 입원을 결심하기까지 오랜 시간이 걸렸다. 어렵게 술을 끊은 뒤에도 집에 돌아갈 수가 없어서 입원 생활을 하며 가까워진 박 할아버지의 간병 일을 시작했다. 전문 간병인으로 고용된 건 아니었지만 박 할아버지는 아줌마에게 적당한 양의 생활비를 챙겨 주었다.

"나도 엄마랑 사이가 좋지는 않아."

양아영이 말한다. 나는 반도 못 먹은 아이스크림을 손에 들고 쓰레기통에 던져 버릴까 말까 망설이며 묻는다.

"왜 안 좋은데?"

"나한테 아무 문제도 없다고 믿거든."

나는 어이가 없어서 양아영을 본다.

"엄마가 널 믿어서 사이가 안 좋다는 거야?"

"엄마는 날 믿는 게 아니야."

이렇게 말한 양아영은 내 손에 들린 아이스크림을 가리키며 어색하게 화제를 돌린다.

"그거 안 먹을 거면 버려. 다 녹네."

나는 굳이 캐묻지 않고 아이스크림을 쓰레기통에 넣는다.

"사 준 건데 버리면 뭐라고 할까 봐."

"그 정도로 뭐라고 하겠어?"

"양아영 씨는 제 생각보다 너그러우시군요."

"그래. 넌 내 생각보다 멍청하고."

어느새 시간이 40분을 넘긴다. 표를 손에 쥐고 시민스포츠센터 안으로 들어가는 사람이 드문드문 보이기 시작한다.

나는 입구에 붙은 안내도를 보고 선수 대기실 위치를 찾다가 마음을 바꾼다. 안 그래도 눈에 불을 켜고 놀릴 거리를 찾는 사람들에게 양아영과 같이 있는 꼴을 보이면 무슨 소리를 들을지 모른다.

"대기실로 안 가?"

"지금 가면 방해만 돼."

나는 실내 경기장 쪽으로 걸음을 옮긴다.

산이 누나는 권투가 인기 없는 종목이라고 했지만 생각보다 관람석에 앉은 사람이 많다. 양아영은 냉큼 맨 앞으로 내려가 앉는다. 나도 양아영을 따라 내려가며 링 주변에서 몸을 푸는 선수들을 살핀다. 아직 대기실에서 안 나왔는지 산이 누나와 주 관장은 보이지 않는다.

"아, 떨린다."

양아영이 가슴을 쓸어내린다.

"니가 왜 떨려? 시합해?"

"몰라. 그냥 떨려."

좁은 경기장 둘레에 현수막이 빽빽하다. 권투 요정 오산이, 보다 말도 안 되게 꾸민 게 수두룩하다. 구석에 걸린 우리 체육관 현수막이 초라해 보인다. 이럴 줄 알았으면 비웃지 말고 더 화려하게 만들자고 할걸.

체급별로 라이트 플라이부터 라이트 웰터까지 묶은 A조 경기가 시작된다는 안내 방송이 나온다. 오늘은 A조, 내일은 웰터부터 슈퍼 헤비까지 묶은 B조의 경기가 있다. 각 조마다 체급별로 열여섯 명이 출전한다.

나는 의자에서 반쯤 엉덩이를 떼고 열심히 산이 누나를 찾는다. 무슨 일이라도 생겼나? 그런 걱정이 들 때쯤 산이 누나와 주 관장이 대기실에서 걸어 나온다.

"언니! 파이팅!"

양아영이 느닷없이 소리치는 바람에 하마터면 의자 앞으로 고 꾸라질 뻔한다.

양아영의 응원을 들은 산이 누나가 이쪽을 보고 여유롭게 고 개를 까딱한다. 나는 누나의 거만한 응답에 조금 마음이 놓인다. 오히려 옆에 붙은 주 관장이 더 긴장하고 있는 것 같다.

산이 누나는 아마추어 복싱 페더급이고 페더는 오늘 시합 중 일정이 딱 중간이다. 나는 양아영에게 잠깐 화장실에 다녀온다고 하고 경기장 밖으로 나온다.

화장실에 들러 볼일을 본 뒤 손을 씻으며 거울을 본다. 눈동자 여기저기에 붉은 균열이 생겼다. 제대로 푹 자 본 게 언제인지 가 물가물하다. 얼굴을 쓸어내리고 화장실 밖으로 나가다가 멈칫한 다. 복도 저편에서 눈에 익은 도복들이 우르르 몰려온다.

운동부다. 태권도 시합은 12월에나 있을 예정인데 미리 견학이 라도 왔나. 아는 얼굴은 보이지 않지만 일단 화장실 문 옆에 몸 을 붙이고 고개를 숙인다.

체육 선생이 뭐라고 떠들면서 아이들을 통제하는 소리가 들린 다. 나는 운동부 무리가 화장실 앞을 완전히 지나간 후에도 나가지 않고 잠시 기다린다. 운동부와는 가능하면 마주치고 싶지 않다. 운동부 전체가 안승범이나 분리수거장에서 본 새끼들처럼 양아치는 아닐 테지만, 어쨌든 반갑지 않다.

"라이트 플라이급이래. 지금 시작했어."

자리로 돌아오자 양아영이 설명한다. 나는 양아영 옆에 앉으며 자판기에서 뽑아 온 음료수 캔을 내민다.

"탄산 아냐."

양아영이 눈을 동그랗게 뜨고 음료수를 받는다.

"무탄산만 마신다며?"

"누가 그래?"

나는 "아니면 말고." 하며 캔을 딴다. 양아영이 눈을 가늘게 뜬다.

"별걸 다 기억하네. 의외로 섬세해."

"마시기 싫으면 내놔."

양아영은 음료수 쥔 손을 뒤로 빼면서 "줬으면 끝." 하고 혀를 쏙 내민다.

라이트 플라이, 플라이, 밴텀……. 경기장이 세 개라 체급당 40분 정도면 경기가 끝난다. 그래도 산이 누나의 시합을 보려면 두 시간은 더 지켜봐야 한다.

처음에 흥미진진하게 관람하던 양아영은 금세 지쳤는지 플라이급이 끝날 때쯤 스마트폰을 꺼내 만지작거린다. 아마추어 선수들의 기술을 보고 배우겠다는 마음으로 눈을 부릅떴던 나도 양아영과 마찬가지로 점점 지루해진다.

직접 보는 권투 시합은 내가 어렴풋이 상상하던 것과 많이 달랐다. 시원하게 달려들어서 치고받기보다는 간격을 재며 잽과 스트레이트로 점수를 축적하는 식의 경기가 대부분이었다. 모든 라운드가 끝나고 심판이 판정승을 내리면 승패와 관계없이 링 위의 모두가 박수를 치고 인사한 뒤 웃으며 내려온다.

이게 주 관장이 말한 운동과 싸움의 차이일까.

"잠깐 밖에 나갈래?"

밴텀급 경기가 막 시작됐을 때 양아영이 불쑥 묻는다. 나는 "관람은 성의 있게 해야지." 하면서도 냉큼 일어선다.

"점심 먹었어?"

"지금이 몇 신데 안 먹냐."

"난 안 먹었어. 언니 시합까지 아직 많이 남은 거 같은데 밥 먹고 오자."

"먹었다니까."

"그러지 말고 또 먹어. 내가 살게."

양아영이 손을 바짝 잡아 당기면서 말했기 때문에 나는 기겁하며 뒤로 물러선다. 양아영은 놀란 표정을 짓더니 "정전기 올랐어?" 한다. 정전기라니 무슨 바보 같은 소리지?

"근처에 분식집 있어. 거기로 가자."

내가 말하자 양아영이 고개를 젓는다.

"분식 별로야."

"뭐 땡기는 거 있어?"

"없어."

양아영은 딱히 먹고 싶은 것도 없으면서 "아무튼 분식은 별로야." 하고 고집스럽게 말한다. 나는 한숨을 쉬고 "일단 나가. 나가서 생각해." 하며 양아영의 등을 떠민다.

공원 옆 도로에는 다양한 음식점이 길을 따라 쭉 늘어서 있다. 점심 지난 애매한 시간이라 지금은 한산하다.

"저기 어때?"

"별로."

"이거 먹을까?"

"싫어."

내가 하는 제안을 모조리 물리치기로 결심한 양아영은 단호하게 고개를 젓는다. 한참 동안 그러고 돌아다니다가 양아영이 "분식 먹자." 했을 때, 나는 소리를 지르지 않기 위해 필사적으로 입술을 깨물어야 했다.

분식집 안에는 손님이 한 명도 없다. TV 앞에 앉아 무료한 표정으로 리모컨을 만지작거리던 아줌마가 우리를 안쪽으로 안내한다.

주문은 직접 하는 게 아니라 식탁 위에 놓인 종이에 표시해서 가져다주는 식이다. 양아영은 종이에 적힌 거의 모든 메뉴에 체크하고서 "넌 뭐 먹을래?" 하고 묻는다. 너랑 같은 거, 라고 말하려던 치밀한 계획은 철회할 수밖에 없었다.

주문한 음식을 기다리는 동안 양아영이 스마트폰을 꺼낸다. 나도 그러고 싶은데 내 건 사고 나면서 부서졌다. 부모님께 사 달라고 하면 못 살 것도 없지만 굳이 그러지 않았다. 안 그래도 걱정이 넘치는 엄마가 줄기차게 전화해 댈 게 뻔했으니까.

"왜? 내 얼굴에 뭐 묻었어?"

"재밌냐?"

내가 묻자 양아영은 스마트폰을 손에서 내려놓는다.

"그냥 할 게 없어서."

"사람 앞에 두고 그러는 거 아니다."

무작정 건 시비였는데 양아영이 멋쩍게 웃으며 "미안." 하고 사과한다. 언제나 내가 원하지 않을 때만 성실한 애였다. 별 볼 일 없는 말싸움에 대비하고 있던 나는 "아니, 뭐, 하고 싶으면 해. 크게 신경 쓰이는 건 아니니까." 하고 우물거린다.

"체육관 다니는 건 어때? 재밌어?"

주저 없이 스마트폰을 포기한 양아영이 대신 질문을 던진다.

"재밌겠냐? 힘들기만 하지."

나는 성의 없이 대꾸한다.

"힘들기만 한데 왜 다녀?"

"단련하는 거야. 다음에는 트럭이랑 부딪쳐도 멀쩡하려고. 알 잖아. 나 몸도 마음도 저질인 거."

나름 웃기는 농담이라고 생각했는데 양아영의 입꼬리는 1밀리미터도 움직이지 않는다. 웃는 시늉이라도 해 주지. 나는 민망해져서 입을 다문다.

"너 저질 아니야."

잠시 뒤에 양아영이 말한다. 그런 말을 할 줄 몰랐기 때문에 나는 조금 놀란다.

"어, 누구세요? 제가 아는 양아영이 아니신 거 같은데."

"찬희가 사고당하던 날."

농담으로 분위기를 바꾸려다가 숨이 멎는다.

나는 뻣뻣하게 굳어서 양아영을 본다. 양아영이 말을 잇는다.

"체육 시간이었어. 다들 밖에 있었는데 뭔가 쾅, 떨어지는 소리가 났지. 이상하게 아주 불안했던 기억이 나. 선생님이 확인해 본다며 먼저 갔다가 얼어붙었어. 찬희가 피를 너무 많이 흘렸는데……. 나도 움직이지 못했어. 다른 애들 역시 마찬가지였고. 근데 니가 달려갔어."

그랬다.

지금껏 잊고 있던 기억이다.

나는 옥상에 있었고, 아래에 있었고, 다시 서찬희와 함께 있었다.

정신 차려, 서찬희. 정신 차려 이 새끼야.

서찬희는 살아 있었다. 까마득한 위에서 떨어졌는데 몇 초 동안은 말을 할 수 있었다. 나는 서찬희가 무슨 말을 하는지 알아듣지 못했다. 그래서 가까이, 귀를 대고 들으려 했다.

그리고 나는…….

"너는 찬희를 끌어안았어. 온몸이 피투성이가 되는데 하나도 신경 안 쓰더라. 구급차를 부른 것도 너였잖아. 그 자리에 있던 누구도 나서서 하지 못한 일이야. 찬희랑 친했다는 건 알지만 죄책감 가질 필요 없어. 그건 사고였으니까."

"아니야."

나는 양아영의 말을 막는다.

"도대체 뭘 안다고 그래? 아무것도 모르면서."

머리를 붙잡고 고개를 숙인다. 누군가 바늘로 관자놀이를 후벼 파는 것 같다.

세상이 너희를 똑똑히 기억할 거야.

서찬희가 말했다. 웃기는 자식이었다. 세상은 우리를 똑똑히 기억하기는커녕 서찬희의 죽음조차 제대로 기억하지 못했다. 부실하게 설치된 학교 옥상 난간이 불러온 참상? 미친 새끼들.

나는 갑작스럽게 찾아온 두통에 시달리며 연거푸 물을 들이켠다. 주문한 음식이 나올 때까지 우리는 아무 말도 하지 않는다.

"나도 권투 배울까?"

젓가락을 들고 이것저것 집어 먹던 양아영이 문득 생각난 것처럼 묻는다. 나는 서찬희가 죽던 날의 기억을 털어 내기 위해 안간힘을 쓰는 중이라 양아영의 질문에 바로 대답하지 못한다.

"……갑자기 무슨 소리야."

"나랑 같이 배우면 좋을 거 같지 않아?"

"좋겠냐? 난 권투 배우려고 체육관 다니는 거 아니야."

"그럼 왜 다니는데?"

실수로 꺼낸 말을 양아영이 놓치지 않고 짚는다. 나는 머뭇거리다가 "알 거 없어." 하고 대충 넘긴다.

"왜? 이유 없이 다니지는 않을 거 아냐."

양아영이 끈질기게 묻는다. 내가 체육관을 다니든 소림사를 다니든 너랑 무슨 상관이냐, 하고 쏘아붙이려는데 밖에서 소란스러운 소리가 들린다.

"이건 그냥 물어보는 건데…… . 너 혹시 산이 언,"

"조용히 해 봐."

입구로 들어오는 인원 사이로 아는 얼굴이 여럿 보인다. 시민 스포츠센터 복도에서 봤던 운동부 애들이다. 재수가 없어도 이렇게 없다.

체육 선생이 아이들을 데리고 자리에 앉는다. 아까 내가 못 본 안승범과 분리수거장 패거리도 있다. 다행히 구석에 앉은 우리를 알아본 것 같지는 않다.

"왜? 아는 사람 있어?"

입구와 등지고 앉은 양아영이 뒤로 몸을 돌리며 묻는다.

"운동부. 보지 마. 마주치기 싫으니까."

양아영에게 대답하면서 의자에 몸을 붙이고 숨을 들이켠다.

심장 소리가 여기까지 들린다, 좆밥 새끼야.

안승범이 말했다. 나는 난간 너머에 선 서찬희를 봤다. 서찬희는 떨고 있었다. 울렁이는 눈동자가 안승범 패거리를 향했다. 내가 못 뛰어내릴 거 같아? 서찬희가 말했다. 안승범은 웃었다.

나는 몇 번이나 입을 열어 말하려고 했지만 한마디도 꺼내 놓지 못했다. 그러나 안승범은, 그럼 빨리 뛰어 새끼야. 사람 불러 놓고 말만 존나게 하네. 무서워서 못 하겠어? 하며 비아냥거렸다.

세상이 너희를 똑똑히 기억할 거야. 서찬희가 말했다. 여기에 니들 이름 다 적었어. 그렇게 말하는 서찬희의 손에는 작은 봉투가 들려 있었다. 내가 죽으면 악귀든 뭐든 돼서 너네 모두 죽을 때까지 괴롭혀 줄게.

그만해. 같이 올라와 있던 강준혁이 한숨을 쉬었다. 너 그럴 용기 없잖아. 그러자 다들 웃었다. 안승범이 강준혁의 말을 이었다. 야, 그리고 니가 거기서 뛰어내려도 우린 가서 유서만 찾아다 찢으면 그만이야. 헛짓거리하지 말고 이리 와. 스파링 몇 번 하고 끝내자.

난간을 움켜쥔 서찬희의 손가락이 눈에 띄게 하얗게 변했다. 아무도 말리지 않았다. 안승범도, 안승범 패거리도, 강준혁도.

서찬희가 결심을 굳히고 난간에서 손을 떼기 직전, 나는 서찬희와 눈이 마주쳤다. 서찬희는 나를 똑바로 바라보았다.

아무것도 하지 마.

서찬희가 말했다.

앞으로도 계속, 아무것도 하지 말고 살아.

그리고 세상이 빠르게, 아니, 느리게 움직이기 시작했다. 안승범은 웃음기를 지우지 못한 얼굴 그대로 굳었다가 이런 미친 새끼, 하고 짧게 욕설을 뱉었다. 영원처럼 긴 시간이 흘렀다. 아래에서 뭔가 거칠게 부딪치는 소리가 났다. 이런 미친 새끼. 안승범이 다시 말했다.

"괜찮아?"

양아영이 묻는다. 퍼뜩 정신을 차린다. 운동부 놈들이 웃고 떠드는 소음으로 시끌벅적하다.

해야 할 일이 있다.

자리에서 급하게 일어서다가 그대로 멈춘다. 바늘로 쑤시는 것처럼 아프던 머리가 이제 둔탁한 통증에 잠겨 둥실 떠다닌다. 양아영은 놀란 표정이다. 그제야 여기가 분식집이라는 걸 깨닫는다.

"미안해."

더는 이곳에 있기 힘들다. 내 얼굴을 살피던 양아영이 "괜찮은 거야? 병원 가 봐야 하는 거 아냐?" 하고 묻는다.

"괜찮아. 나가자."

나는 양아영과 함께 계산대 앞으로 나온다. 뒤늦게 이쪽을 알아본 운동부 몇 명이 뭐라고 말을 거는 듯하지만 이제 그따위 건 아무래도 좋다.

"둘이 사귀냐?"

양아영이 계산하는 동안 아이들 틈에 섞여 떠들던 체육이 웃으며 묻는다. 나는 고개를 돌리고 체육을 쏘아본다. 분위기가 험악해진다.

"이 새끼가 농담 좀 한 거 가지고 왜 이래?"

"얘가 지금 몸 상태가 안 좋아서요. 먼저 가 보겠습니다."

잽싸게 계산을 마친 양아영이 앞으로 나서서 상황을 수습한다. 양아영은 이럴 때조차도 어쩔 수 없이 반듯하다.

나는 아니다. 안승범도, 분리수거장 패거리도 아니다. 그런데 사람들은 그걸 모른다. 아니면 알면서도 모르는 척 넘어가는 것이다.

"선생님. 서찬희 기억하죠?"

팔을 붙잡고 나가려는 양아영의 손길에 맞춰 주지 않고 우뚝 서서 묻는다. 서찬희 이름을 꺼내자 체육은 한 대 얻어맞은 사람처럼 눈을 크게 뜬다.

"서찬희가 왜 죽었을까요?"

"그 얘기는 갑자기 왜 꺼내?"

안승범이 끼어든다. 나는 "시끄러워." 하고 말한다. 안승범이 기가 차다는 표정으로 뭐라고 대꾸하기 전에 체육이 먼저 입을 연다.

"그래, 니가 걔랑 가까웠다는 거 안다. 그래서 그게 궁금한 거냐? 서찬희가 죽은 이유?"

나는 대답하지 않는다. 체육은 혼자 뭘 납득했는지 고개를 끄덕이고 말을 잇는다.

"그동안 힘든 게 많았을 거야. 선생님은 이해해. 서찬희 아버

지가 맨날 교문 앞에서 그러니까 너도 심란하겠지. 안타깝기는
해도, 그런 시위는 잘못된 거다. 찬희가 그렇게 될 줄 누가 알았
겠냐?"

"그럼 아무도 책임질 게 없단 거예요? 잘못한 사람이 없으니
까?"

내가 묻는다. 체육은 기다리기라도 한 것처럼 곧바로 대답을
내놓는다.

"딱히 누가 잘못했다고 할 거 없어. 그냥 우리 모두가 잘못한
거야."

그냥 우리 모두가 잘못한 거다.

얼마나 편리한 말인지. 어른들은 아이들에게 뭔가 좆같은 일이
벌어지면 항상 모두에게 책임을 물으려 한다. 너희 모두가 잘못했
다. 아니, 너희를 가르친 우리 모두가 잘못했다. 아니, 이런 세상
을 만든 전 세계의 모든 인간이 잘못했다. 그러고 나서 잠깐 근엄
한 표정을 짓고는, 잊어버린다.

모두의 잘못이라는 건 다시 말해 아무도 책임지지 않을 거라
는 뜻이다. 너나 나나 똑같이 잘못했다는 건 너도 나도 벌을 받
지 않기 위해 꺼내는 개소리에 지나지 않는다.

그럴 수는 없다.

"그럴 수는,"

"이제 그만하고 가자."

양아영이 붙잡은 팔에 힘을 준다. 이번에는 저항하지 않고 밖으로 나온다.

"갑자기 왜 그래?"

양아영이 묻는다. 나는 대답하지 않고 걷는다. 타고 남은 잿더미처럼 몸이 하얗게 부스러진 느낌이다. 뭔가 더 물어보려던 양아영은 생각을 바꿨는지 "말하고 싶지 않으면 됐어. 하지만 나중에 설명해 줘야 해." 하고 말한다. 나는 나중에 설명해 줄 생각도 없으면서 "그래." 하고 대답한다.

09 남의 아픔까지 신경 쓸 여유

올해 겨울은 아주 추울 거라는 예보가 나왔다. 30년 만의 혹한이라는 평이다. 언제나 후덥지근한 열기로 덮인 체육관 안에도 혹한이 들이닥쳤다. 원인을 짐작하는 건 어렵지 않았다.

보름이 지나는 동안 산이 누나는 두 번 시합했고 두 번 승리했다. 둘 다 판정승이 아닌 테크니컬 녹아웃으로. 기록만 보면 흠잡을 데 없는 성과였다. 내용이 문제였다.

아직도 그 버릇 못 고쳤어? 주 관장이 무섭게 화를 냈다. 그냥 시멘트 바닥에 들이받아. 뭐 하러 힘들게 권투해? 산이 누나는 어쨌든 이겼으니 상관 말라는 태도였다.

누나의 시합을 직접 눈으로 본 입장에서 말하자면, 주 관장의 반응은 당연한 거였다. 이건 좀 드문 일이다. 내가 주 관장 편을 들다니. 하지만 같이 관람했던 양아영도 나와 비슷한 느낌을 받은 걸 보면 아마 누나의 시합을 본 대부분의 사람들이 똑같은 생각을 했을 거다.

산이 누나는 저돌적이었다. 매서웠다. 처절했다. 누나의 시합을 기다리며 다른 사람이 하는 경기도 여러 개 봤지만 누구도 누나처럼 권투를 하지는 않았다.

"알아서 정리하고 가라. 먼저 간다."

내가 할 훈련이 끝나자 주 관장이 열쇠를 던진다. 시합이 시작된 후로는 일찍 집에 가면서 늘 나에게 열쇠를 맡긴다. 산이 누나가 나보다 훨씬 늦게 체육관을 떠난다는 걸 알면서도 그런다.

"키 주고 들어가서 쉬어. 수고했어."

로드워크를 마치고 들어와서 링 위에 앉아 쉬고 있던 산이 누나가 여느 때처럼 손바닥을 내민다. 나는 열쇠를 손에 쥔 채 누나 옆으로 걸어가서 앉는다.

"관장님이랑 화해 안 할 거야?"

산이 누나는 펼쳤던 손을 접고 물끄러미 나를 쳐다본다.

"화해?"

"나 없으면 서로 같은 공간에 있으려고도 안 하잖아. 사이에 낀 사람 생각도 좀 해."

"찬영 오빠가 혼자 그러는 건데 뭐. 나한테 말해 봤자 소용없어."

산이 누나가 말한다. 나는 고개를 끄덕인다. 누나 말에 동의해서 그런 게 아니라 뭐라고 대답하면 좋을지 몰라서 그랬다. 병원에 있을 때 누나가 나만큼 많이 맞는 사람도 없다고 했는데 그게 문자 그대로의 의미일 줄은 몰랐다.

링 위에서 누나는 가드도 제대로 올리지 않고 막무가내로 돌진했다. 잘 훈련된 잽과 스트레이트가 아니었으면 길거리 막싸움이라고 봐도 좋을 지경이었다. 상대가 냉정하게 대처했으면 움직이는 샌드백을 후려치듯 쉽게 타격을 줘서 이겼을 거다. 산이 누나는 당황하는 상대가 뻗는 주먹에 얼굴을 들이밀면서 정확하게 일격을 꽂아 넣었다. 좋게 말하면 크로스 카운터였고 나쁘게 말하면 럭키 펀치였다.

"그렇게 안 할 수 있잖아."

내가 말한다. 링 위에 널브러진 글러브를 가져가 정리하던 산이 누나가 이쪽을 본다.

"관장님 말이 맞아. 누나가 하는 건 권투라고 할 수 없어."

"그럼 내가 하는 게 뭔데?"

산이 누나가 가벼운 투로 묻는다. 주 관장은 죽으려고 환장한 짓, 이라고 표현했다. 나는 다른 적당한 어휘를 찾는다.

"자기 학대."

"너무한다."

산이 누나가 웃는다. 나는 농담으로 꺼낸 말이 아니었기 때문에 웃지 않는다.

"너무한 건 누나지. 관장님이 누나 좋아하는 거 몰라? 자기가 좋아하는 사람이 눈앞에서 일부러 두들겨 맞는 걸 보면 기분이 어떻겠어?"

"찬영 오빠가 날 좋아해?"

산이 누나는 전혀 모르겠다는 표정이다. 기가 차서 말문이 막힌다. 찬영 오빠가 날 좋아하냐고?

누나에게 화가 나기 전까지 주 관장은 기회가 있을 때마다 열심히 자기 마음을 표현했다. 예쁜 우리 오산이가 인생의 슬로건이고 내 사랑 오산이가 평생의 캐치프레이즈인 사람이다.

"그러지 마, 누나. 관장님이 뒤에서 몰래 바라보는 스타일도 아니고 대놓고 맨날 오산이, 오산이, 하는데 그걸 모른다는 게 말이 돼?"

산이 누나는 열린 사물함 문 위에 손을 얹고 잠자코 서 있다. 정말 몰랐나? 나는 괜히 다른 사람의 복잡한 연애사에 끼어든 게 아닌가 싶어 조마조마하다.

"나가자."

뭔가 곰곰이 생각하던 산이 누나가 사물함에 자물쇠를 걸고 몸을 돌린다.

"트레이닝은?"

"오늘은 여기까지만 할 거야. 어차피 내가 하는 건 권투도 아니라면서?"

"그걸 권투라고 하면 다른 선수들한테 미안하지."

"이 자식이?"

나는 농담을 농담으로 받은 죄로 산이 누나의 구박을 팍팍 받으며 체육관을 정리한다.

밖으로 나와 문을 잠근 누나가 "같이 가 보고 싶은 데가 있는데, 좀 멀어. 시간 괜찮아?" 하고 묻는다. 아무도 없는 집에 일찍 가 봤자 딱히 할 일도 없다. 나는 "괜찮아." 하고 대답한다.

버스 정류장으로 걸어가는 동안 산이 누나는 실없는 농담을 던지거나 학교에 대해 물어보거나 했을 뿐 어디로 가는지는 말해 주지 않는다.

나는 산이 누나를 따라 낯선 행선지가 가득 적힌 버스에 오른다. 좀 멀다던 누나의 말은 빈말이 아니었다.

"여기서 내리자."

두 시간쯤 지난 뒤 인적이 뜸한 시 외곽에 버스가 들어서자 드디어 산이 누나가 벨을 누른다. 규모가 그리 크지 않은 병원 앞이다. 산이 누나는 아무 설명 없이 안으로 들어간다. 한 박자 늦게 나도 누나 뒤를 따른다.

엘리베이터에 오른 산이 누나는 경쾌하게 4층 버튼을 누른다.

엘리베이터 안에 붙은 안내도를 확인하니 4층은 입원실이다. 뭐라고 묻기도 전에 엘리베이터가 4층에 도착한다.

산이 누나는 복도 끝으로 걸어가서 명패가 하나만 박힌 1인실 문을 연다.

"나 왔어. 오늘은 니 후임이랑 같이 왔다. 전에 얘기했지? 체육관 신입."

산이 누나가 반갑게 인사하며 침대로 향한다. 나는 입구에 붙은 명패를 보고 어색하게 머뭇거린다. 내가 잠깐 입원해 있던 1인실과 구조는 비슷하지만, 묘한 위화감이 느껴진다.

"와서 인사해. 멀뚱하게 서 있지 말고."

나는 산이 누나가 시키는 대로 "안녕하세요." 하고 인사하며 앞으로 걸음을 뗀다. 침대에 누운 환자가 내 말을 들었을 것 같지는 않다.

주아이.

잠이 든 것처럼 편안하게 눈을 감고 있는 여자의 얼굴을 본다. 이 사람이 주아이구나. 죽 그어진 얇은 눈썹이 드센 인상이시만, 그것만 빼면 어디를 가도 눈에 띄지 않을 것 같은 평범한 얼굴이다.

"전에 말했던 시합, 또 이겼어. 이제 준결승이야. 준결승, 결승, 이렇게 두 경기만 잡으면 돼. 방이 좀 답답하지 않아? 창문 열까?"

산이 누나는 커튼을 걷고 창문을 살짝 연다. 밖에서 밀려온 바람이 으슬으슬하게 목덜미를 스친다.

누나는 환자 옆에 앉아 이런저런 이야기를 하기 시작한다. 특별한 내용 없이 친구끼리 나눌 법한 잡다한 이야기였다. 오직 한 사람만 일방적으로 말을 한다는 게 다를 뿐이다.

10분, 20분. 시간이 흐른다. 산이 누나가 쏟아 내는 시시콜콜한 이야기를 듣고 있어서 지루하지는 않다. 나는 누나 옆에 앉아서 잠자코 기다린다. 그러다 슬슬 이야깃거리가 떨어졌는지 누나가 자리에서 일어나 사물함의 비밀번호를 누르고 두꺼운 책을 꺼낸다.

"심심하면 밖에서 기다려도 돼."

"아니, 여기 있을게."

책갈피를 빼는 산이 누나에게 고개를 젓고 일어선다. 누나가 읽는 소리를 들으면서 병실 안을 돌아다닌다. 사물함 위에 놓인 물건들 외에는 눈길이 가는 게 없다. 뜯지 않은 편지 뭉치와 받침대 위에 전시된 메달, 그리고 엎어진 액자.

편지는 산이 누나를 포함한 환자의 중고등학교 친구들이 보낸 거다. 받는 사람이 일어나서 직접 확인하기 전까지는 이렇게 밀봉한 채로 두자고 정한 것 같다. 그 옆에 놓인 고급스러운 메달에는 음각으로 권투 글러브 모양이 새겨져 있다. 중등부 페더급 준우승. 주아이.

마지막으로 나는 조심스럽게 손을 뻗어서 엎어진 액자를 세운다. 액자 안에는 주 관장과 환자가 서로의 머리를 쥐어뜯으며 찍은 사진이 들어 있다.

"찬영 오빠가 맨날 그렇게 엎어 놔. 보기 좋은데 왜 그럴까 몰라."

조용히 책을 읽던 산이 누나가 불쑥 끼어든다. 나는 액자를 잘 보이는 곳에 놓으며 "관장님 동생이야?" 하고 묻는다.

"맞아. 슬슬 나갈까?"

책을 덮고 일어선 산이 누나는 열었던 창을 닫고 커튼을 친다.

"또 올게."

산이 누나와 함께 병실 밖으로 나온다.

"지루했지?"

휴게실 의자에 마주 앉으며 산이 누나가 묻는다. 나는 "전혀. 내가 이래 봬도 병원 경력자거든." 하고 재미없는 농담을 한다.

"저렇게 된 게 벌써 3년 전이야. 이상하지? 보기에는 멀쩡한데."

산이 누나가 말한다.

주아이. 주 관장의 동생이고, 산이 누나의 친구였던 사람.

나는 "사고였어?" 하고 묻는다. 산이 누나는 탁자 귀퉁이에 시선을 던진다.

"사건이라고 하는 게 맞겠지."

얼굴 위로 떨어진 머리카락을 귀 뒤로 쓸어 넘기며 산이 누나가 말을 잇는다.

"3년 전에 나는 아주 소심했어. 남들 앞에서 말도 잘 못했고, 누구랑 어울리는 것보다 혼자 지내는 데 익숙했지."

"못 믿겠는데."

나는 미심쩍은 표정을 짓는다. 상상이 안 된다. 산이 누나는 내가 아는 사람 중에서 가장 붙임성이 좋은 인물이다. 그다음으로 밝은 게 양아영이고.

내 머리에서 나가라, 양아영.

"3년 만에 사람이 변할 수 있어?"

"변한 거 없어. 하지만 닮고 싶은 사람을 흉내 낼 수는 있지."

산이 누나가 말한다.

"아이는 멋진 친구였어. 남을 돕는 걸 좋아하고 나쁜 건 나쁘다고 분명하게 말하는 사람이었지. 그래서 눈에 띄지 않을 수가 없었어."

이렇게 말하는 산이 누나의 눈동자는 현재가 아닌 과거의 어느 지점에 잠겨 있다.

"나도 아이를 좋아했어."

산이 누나가 덤덤한 투로 말을 잇는다.

"아이는 나라는 애가 있다는 것조차 모르는 눈치였지만, 그래 도 멀리서 좋아할 수는 있잖아? 그런데 시험을 앞두고 아이가 먼 저 나한테 말을 걸더라고. 너 수학 잘한다면서? 하고. 내가 다른 과목은 몰라도 수학만큼은 잘했거든. 예상 문제 뽑는 것도 자 신 있었고. 남한테 뭘 그렇게 열심히 가르쳐 준 적이 없었지. 아 이가 그랬어. 내가 선생님보다 훨씬 낫다고. 우리는 친구가 됐어."

두 사람이 가까워지는 과정을 어렵지 않게 상상할 수 있다.

"근데 그게 다른 애들한테는 아니꼽게 보였나 봐. 나는 아이랑 친구가 돼서 정말 기뻤지만, 동시에 너무 힘들었어. 은근히 날 따 돌리며 괴롭히는 아이들을 상대해야 했으니까."

인기 있는 친구 옆을 지키는 사람과 그걸 시기하는 다른 사람 들. 나는 서찬희를 생각한다. 서찬희에게는 그런 바보 같은 이유 조차 없었다.

"내가 반에서 찍히니까 딱히 나한테 감정이 없던 애들도 무섭 게 돌아서더라. 사람이 마음만 먹으면 얼마나 악랄해질 수 있는 지 모르지?"

"글쎄."

나는 애매하게 대답한다. 산이 누나는 계속 말한다.

"아이는 날 지켜 주려고 했지만 잘되지 않았어. 말도 안 되는 모함도 사실처럼 소문으로 퍼지는 게 학교야. 나 때문에 아이까지 오명을 뒤집어쓰고 만신창이가 되어 갔는데, 정작 나는 아이를 원망했지. 아이만 아니었으면 이런 일도 없었을 텐데, 왜?"

나는 묵묵히 누나의 말을 듣는다.

"아이가 다른 애들이랑 부딪치는 일이 많아지면서 괴롭히는 대상이 점점 옮겨 간다는 느낌을 받았어. 알아서 기는 나와 다르게 아이는 굽히지 않았거든."

산이 누나가 잠시 입을 다문다. 휴게실은 무서울 만큼 조용하다.

"그때쯤 되니까 애들이 날 괴롭히는 강도가 약해지더라고. 아니, 오히려 잘해 줬다고 해야 하나. 나는 아이와 멀어진 만큼 날 괴롭히던 애들과 친해졌다고 생각했어. 얼마쯤은 우쭐한 마음도 있었지."

산이 누나가 웃는다.

"아이가 다니는 체육관이 어딘지는 내가 잘 알고 있었어. 한 번도 가 본 적 없지만 아이가 말해 줬으니까. 권투 배우고 싶으면 언제든 찾아오라고. 애들이 체육관 위치를 물었을 때, 나는 그저 걔들이 알고 싶어 하는 걸 알려 줄 수 있다는 게 기뻐서 바로 말해 줬어. 친절하게 약도까지 그려 가면서. 아이는 체육관 근처에서 애들이 부른 아는 오빠들이랑 마주쳤고, 쓰러질 때까지 싸웠어."

나는 아무 말도 하지 않는다. 산이 누나는 기지개를 켜고 일어나서 휴게실 벽에 붙은 창문 앞에 선다.

"아직도 넌 찬영 오빠가 날 좋아한다고 생각해?"

"나는……."

나는 뭐?

뭐라고 말하면 좋을지 모르겠다.

산이 누나는 대답을 기다리지 않고 몸을 돌린 뒤 "돌아가자." 면서 엘리베이터로 걸어간다.

"오늘 들은 이야기는 잊어버려. 그리고 찬영 오빠 앞에서 아이 이야기는 되도록 꺼내지 마. 보이는 것처럼 강철 같은 사람은 아니니까."

"알았어."

엘리베이터를 타고 병원 입구로 내려오자 찬 기운이 몰려온다. 나는 코트 깃을 세우고 건물 밖으로 나가는 누나를 잰걸음으로 따라붙는다.

머릿속이 복잡하다.

"때려 주고 싶은 애가 있다고 했어."

한참 걷던 누나가 덜컥 멈춰 선다. 나는 서슬 퍼런 바람에 차가워진 입술을 힘겹게 뗀다.

"병원에서 내가 물어봤잖아. 권투 왜 배우냐고. 그러니까 누나가 그랬지. 때려 주고 싶은 애가 있어서 시작했다고. 누나는 처음부터 그럴 생각으로 체육관에 들어온 거야?"

"무슨 생각?"

"누나를 때려 주고 싶어서 들어온 거냐고."

산이 누나는 놀란 눈으로 나를 본다. 나도 누나를 마주 본다.

너 혼자만 아프게 사는 게 아니다. 주 관장은 말했다. 안 그런 거 같아 보여도, 사람들이 다 그렇게 사는 거야.

나도 알고 있었다. 하지만 지금껏 남의 아픔까지 신경 쓸 여유가 없었다.

"누나 이야기를 들으면서 내가 무슨 생각을 했는지 알아? 누나는 역시 강한 사람이란 거야. 대체 누가 그런 상황에서 누나처럼 스스로에게 책임을 물을 생각을 하겠어?"

지금도 많은 사람이 잘못을 저지른 사람에게 진정성 있는 사과의 말을 요구한다. 그러나 말이라는 건 사실 진정성이 있든 없든 아무런 가치가 없는 것이다.

사과는 언어가 아니다.

"누나는 괜찮아."

내가 말한다. 산이 누나가 눈썹을 쓱 올린다.

"어떻게 갑자기 그런 결론이 나오냐?"

"계속 옆에서 봤으니까. 누나는 괜찮아. 그러니까 그런 시합은 하지 마."

산이 누나는 어깨만 으쓱해 보이고 별다른 대꾸 없이 걸어간다. 내 말이 누나에게 조금이라도 닿았기를 바랄 뿐이다.

지난번에 체육에게 대들고 나서 뭔가 일이 터질 줄 알았는데 별일 없었다. 학교는 여전히 나를 가만히 내버려두었다. 선생들은 무너지기 직전의 벽을 피하듯 이쪽을 외면했고 안승범은 나를 투명인간 취급했다. 가끔 마주치는 안승범 패거리도 뭐라고 수군거리기만 할 뿐 직접 무슨 행동을 취하지는 않았다.

기말고사 준비로 바쁜 때였다. 교실 안은 평소와 다르게 쉬는 시간에도 책을 펴 놓고 공부하는 아이들로 가득했다. 양아영도 공부하느라 정신없는지 시민스포츠센터에 다녀온 후로는 나에게 거의 말을 걸지 않았다.

나는 혼자 공부하고 혼자 밥을 먹고 혼자 집으로 왔다. 체육관에서도 냉랭한 기운이 돌기는 마찬가지였다. 주 관장은 필요한 말만 했고 산이 누나는 트레이닝에만 신경을 쏟았다.

준결승까지 일주일 남은 시점이었다. 마침 기말고사도 딱 일주일 뒤였다. 그 일주일이 마치 비닐이 썩어 없어지는 과정을 지켜

보듯 더디게 흘렀다.

물리치료를 받기 위해 들른 병원에서 나는 충동적으로 다시
한번 전에 있던 입원실에 찾아가기로 마음먹는다.

엘리베이터를 타고 간호 스테이션으로 나왔지만 수 간호사는
보이지 않는다. 만나서 묻고 싶은 게 많은데. 일단 박 할아버지라
도 먼저 만나기 위해 복도를 지나 병실 앞에 선다.

"실례합니다."

작은 목소리로 인사하며 안으로 들어간다. 4인실 침대에는 환
자와 간병인이 모두 자리를 지키고 있다. 누가 문병 왔나 싶어
고개를 돌리는 사람들의 시선과 하나씩 마주한다. 아는 얼굴이
없다.

시간이 꽤 흘렀으니 다른 사람이 보이지 않는 건 그렇다 쳐도,
박 할아버지까지 없는 건 의외다. 병원 로비를 장식한 고장 난
분수대처럼 별다른 이유 없이 그냥 쭉 거기에 있을 거라고 생각
했는데.

밖으로 나와 문에 붙은 명패를 확인한다. 박 할아버지 이름이
없다. 드디어 할아버지에게도 병원 밖으로 나가야 할 때가 온 걸
까. 만나지 못해 아쉽긴 해도 그런 거라면 잘된 일이다.

"어? 이게 누구야?"

반가운 기색으로 복도 저편에서 걸어오는 사람은 물론 수 간호사다.

"수 간호사님."

나는 손을 들어서 어색하게 인사한다. 수 간호사는 "복학했구나? 좋아 보이네." 하며 내가 입은 교복에 눈길을 보낸다. 나는 빳빳한 교복을 손바닥으로 쓰다듬는다.

"통원 치료 끝나고 생각나서 와 봤어요. 정 떼기가 쉽지 않네요."

"이 삭막한 풍경에 정붙일 데가 어딨다고 그래. 몸은 어때?"

"쌩쌩해요. 운동도 하는데요."

"기특해, 기특해. 여기서 이러지 말고 잠깐 휴게실 가서 뭐라도 마실까? 마침 한가하니까."

휴게실로 들어온 나는 수 간호사가 자판기를 두드리는 동안 퇴원 후의 근황에 대해 대충 설명한다. 몸을 튼튼하게 만들고 싶어서 산이 누나가 있는 체육관에 찾아갔다는 거. 운 좋게 같은 학년을 유지한 채 복학했다는 거. 도도새 아줌마를 만났고, 산이 누나가 대회 준결승전을 앞두고 있다는 것까지.

수 간호사는 "다들 잘 지내는 것 같아 다행이네."라면서 뽑은 음료수를 내민다. 엄밀히 따지면 병원을 나가서 잘 지내고 있는 사람은 한 명도 없는 것 같지만, 나는 굳이 그런 말을 꺼내 분위기를 망치지는 않는다.

"수 간호사님은 어때요?"

"똑같지 뭐. 그래도 밑에 몇 명 들어와서 전처럼 바쁘지는 않아. 이렇게 잡담할 시간도 있고."

어쩔 수 없이, 수 간호사가 다른 간호사의 머리를 서류철로 내리치던 광경이 떠오른다. 한때 내가 전전긍긍하며 지켜본 막내 간호사의 괴로움이 이제 다른 사람에게 넘어간 것이다. 전에 수 간호사를 못살게 굴던 사람들에게도 모두 그런 막내 간호사 시절이 있었을까.

나는 입을 연다. 하지만 뭘 물어야 할지 모르겠다. 나는 수 간호사에게 무슨 이야기를 듣고 싶은 걸까?

"박 할아버지는 퇴원하셨나 봐요?"

결국 엉뚱한 질문으로 진흙처럼 흘러나오는 생각을 틀어막는다.

"퇴원 안 하셨어."

"그래요? 안 계시던데."

"1인실로 옮기셨거든."

"어디 아프신 거예요?"

병원에 입원한 환자에게 어디 아프시냐고 묻는 게 좀 웃기지만, 박 할아버지에게는 이런 질문이 이상하지 않다. 병실이 집처럼 편해 보이는 사람이었으니까.

"원래 자주 옮기셔. 너 있던 4인실에 유난히 오래 계셨던 거야."

1인실과 4인실은 입원비 차이가 엄청난데 그런 건 상관없는 모양이다. 새삼스럽게 박 할아버지의 정체가 궁금해진다.

"그럼 괜찮으신 거네요?"

"꼭 그렇지는 않고……. 병실 어딘지 알려 줄 테니까 한번 가봐. 좋아하실 거야. 괜히 투덜거리실 수도 있는데 마음에 담아 두지 말고."

이 말을 끝으로 수 간호사는 "자, 그럼 난 다시 일하러 가 볼게." 하면서 일어선다. 나도 수 간호사를 따라 일어서면서 "또 올게요." 하고 인사한다.

박 할아버지의 병실은 한 층 위에 마련된 고급스러운 1인실이다.

"할아버지, 들어가도 돼요?"

내심 할아버지가 자고 있으면 어떡하나, 고민했는데 그럴 필요가 없었다. 박 할아버지는 누가 오기를 기다리기라도 한 듯 문을 열어 놓고 침대에 기대앉아 있다.

나는 조용히 안으로 들어선다. 박 할아버지가 이쪽을 보더니 "다 들어와 놓고 뭘 물어?" 하고 타박한다.

"그러게요."

나는 웃으며 대답한다. 박 할아버지도 빙긋 웃는다.

"키가 컸구나."

할아버지가 말한다. 도도새 아줌마도 똑같은 말을 했다. 나는 "전 잘 모르겠어요." 하고 대답하면서 벽에 붙은 큼직한 소파에 앉는다. 1인실에는 이런 것도 있다. 간병인용 소파.

내가 자리에 앉자 박 할아버지는 창밖으로 고개를 돌리고 입을 다문다. 금방 인사한 것도 잊어버린 듯했다. 아직 이른 시간인데 벌써 찾아온 밤이 바깥에 어둑어둑 깔린다. 할아버지는 도시가 뿜어내는 휘황찬란한 불빛을 말없이 지켜본다.

"도도새 아줌마 말인데요."

나는 느리게 말을 꺼낸다.

"아, 김삼순 아주머니요. 잘 안 풀리는 거 같아요. 저희 집에 잠깐 왔었거든요."

할아버지가 고개를 돌린다.

"쉽지 않은 일이야."

"잘됐으면 좋겠어요. 착하신 분이잖아요."

내가 말한다. 그러자 박 할아버지가 천천히 고개를 젓는다.

"아니야."

"뭐가 아니에요?"

할아버지는 대답하지 않는다. 머릿속으로 내가 뱉은 말을 뜯어봤지만 박 할아버지가 부정한 게 어느 부분인지 감이 잡히지 않는다.

침묵이 길어진다. 박 할아버지는 눈을 지그시 감았다가 뜨기를 반복할 뿐이다. 다시 만나서 인사했고 도도새 아줌마 이야기도 꺼냈으니 슬슬 떠날 때가 아닌가 싶다.

"싸우지 말고 살라는 말, 들어 봤어?"

그러나 내가 막 소파에서 일어서려는 순간, 박 할아버지가 기습적으로 입을 연다. 나는 엉거주춤하게 선 자세로 "들어 봤어요." 하고 대답한다. 할아버지는 한숨처럼 다음 말을 토한다.

"싸우지 않고 살 수는 없다."

"그런……, 거 같아요."

소파에 도로 주저앉으며 박 할아버지의 말에 동의한다.

"원래 그렇다, 관행이다, 다들 그런 식으로 받아들였다. 나는 평생을 그런 헛소리와 맞서며 살았다. 하나를 버티면 열을 잃지만, 하나를 꺾으면 둘을 얻을 거라고 했지. 그래도 나는 버텼다. 그것 말고는 할 줄 아는 게 없었으니까."

박 할아버지가 말한다. 내가 알기로 박 할아버지는 누군가에게 이렇게 길게 말했던 적이 없다.

"왜 착하게 살지 않냐, 왜 양보하고 배려하고 물러서지 않냐. 그런 말을 많이 들었다. 아주 많이 들었어. 나 혼자 나섰다가 나 혼

자 무너지고, 나 혼자 말했다가 나 혼자 망가지고, 뭐가 달라질 때까지는 계속 그대로였지…….'

박 할아버지는 서서히 잠이 들듯 고개를 앞으로 기울이다가 번쩍 든다.

"주먹으로 강철을 어떻게 부술까?"

병원에서, 그러니까 예전에 나와 함께 있던 4인실에서 박 할아버지는 가끔 이렇게 엉뚱한 질문을 던지곤 했다. 내게는 익숙한 장면이다. 나는 그때 그랬던 것처럼 잠시 생각에 잠겼다가 정돈되지 않은 답변을 내놓는다.

"아주 많이 치면 부서지겠죠?"

"얼마나?"

"만……, 아니 한 30만……?"

대답하는 도중에 박 할아버지가 갑자기 기침을 쏟는다. 나는 재빨리 일어나 정수기에서 물을 받아 할아버지의 입가로 가져간다. 두어 모금 힘겹게 넘긴 할아버지는 내 손을 붙잡고 나를 뚫어져라 본다.

"착하게 살지 마라."

박 할아버지가 말한다.

"싸우지도 않고 뭘 얻을 수는 없는 거다."

무슨 대답이든 해야 한다고 생각했지만 말이 나오지 않는다.

나는 박 할아버지가 내 손을 놓아줄 때까지 가만히 서서 기다린다. 정적이 오래 이어진다는 생각이 들 때쯤,

"어떻게 이러실 수 있어요!"

갑작스럽게 들이닥친 고함이 병실에 가라앉은 고요를 순식간에 날려 보낸다. 할아버지는 내 어깨를 한 번 짚고 나서 다시 창밖으로 시선을 던진다. 나는 얼떨떨한 기분으로 물러선다.

"아무리 아버지 병원이라지만 이렇게 마음대로,"

쿵쾅거리며 병실 안으로 들어온 중년 남자가 이쪽을 보더니 말을 멈춘다.

"누구야?"

"어, 저는……."

병실 친구라고 하면 이상하겠지. 대답이 궁색하다. 박 할아버지는 아무 말도 없다. 다행히 남자의 시선은 내게 오래 머무르지 않는다.

"형님이랑 누님은요? 다들 동의한 거예요?"

"내가 왜 니들 동의를 구해야 하지?"

창문 밖에서 눈을 떼지 않은 채 박 할아버지가 입을 연다. 또박또박, 차갑게 울리는 낯선 목소리다. 자연스럽게 병실에서 사라질 기회를 놓친 나는 조금 떨어진 곳에 어정쩡하게 서 있다.

남자가 말한다.

"무슨 말씀이 그래요? 정말 저희한테 안 주실 생각이에요?"

"이미 정한 일이야."

"그러니까 누구 마음대로 기부를 결정하냐고요. 우리에게도 권리가 있는데!"

박 할아버지가 웃는다. 나는 놀라서 박 할아버지를 본다. 속세와 연을 끊은 수행자처럼 흐리게 사는 사람이라고 생각했는데, 지금 웃는 할아버지는 전혀 그렇게 보이지 않는다.

"니들에게는 아무 권리도 없어."

박 할아버지가 말한다.

"이미 넘치게 베풀었으니 주제넘게 더 가지려고 하지 마라."

"꼭 지저분한 꼴을 봐야겠어요?"

협박하듯 남자가 묻자 박 할아버지가 남자를 본다. 아무 감정도 담기지 않은 눈이다.

"나랑 싸울 용기는 있고?"

남자가 마른침을 삼킨다. 박 할아버지는 피곤한 듯 얼굴을 문지르고는 그대로 침대에 눕는다.

"나가. 한숨 자야겠으니까."

남자는 더 반박하지 못하고 분이 섞인 숨을 몰아쉬다가 돌아선다. 박 할아버지가 곧장 코를 골기 시작했기 때문에 나도 따로 인사를 남기지 않고 남자가 멀어지기를 기다렸다가 병실을 떠난다.

문을 열고 복도로 나오면서, 나는 퇴원할 때 박 할아버지와 나눴던 악수를 떠올린다. 손가락뼈를 몽땅 부숴 놓을 것처럼 잡으며 할아버지가 했던 말도.

어쩐지 뻐근해진 손을 단단하게 쥐었다 편다. 허리를 세우고 앞으로 걸어간다.

10 해야 한다고 결심한 싸움

　기말고사는 재앙처럼 닥쳐왔다. 나는 첫날 본 시험을 모두 망쳤다. 정신없이 서로 답을 비교하며 맞춰 보는 아이들과 어울리지 않고 혼자 자기 자리에 앉은 양아영은 평소보다 더 우쭐한 표정으로 교과서를 보고 있다. 나는 시험지를 가방 안에 쑤셔 넣고 자리에서 일어선다.

　"쉬웠어?"

　책상 밖으로 발을 빼고 나오다가 양아영의 질문에 붙잡힌다.

　"뭐가?"

　"시험 말이야. 괜찮았지? 중간고사보다 쉽더라."

　"양아영."

　나는 눈살을 찌푸리며 가방을 어깨에 걸친다.

　"넌 다 나쁜데 그중에서도 잘난 척하는 게 제일 나빠."

　"산이 언니는 어때?"

양아영은 내 무자비한 평가에 아랑곳하지 않고 다른 걸 묻는다.

"궁금하면 이따 보러 와. 오늘 준결승전 하는 거 알지?"

"됐어. 아직도 그때 생각하면 심장 아파."

시민스포츠센터에서 산이 누나 경기를 보고 놀란 사람이 많았지만, 아마 양아영만큼 놀란 사람은 없었을 거다. 얼굴이 새파랗게 질려서 산이 누나를 보러 대기실에 같이 들어가지도 못했다.

"언니는……,"

양아영은 어떻게 표현하면 좋을지 모르겠다는 듯 머뭇거리다가 입을 다문다.

나는 이쪽으로 집중되는 시선을 느끼고 몸을 돌린다. 내내 없는 사람 취급 당하다가도 양아영과 있으면 이런 관심이 도깨비바늘처럼 달라붙는다.

"나가서 얘기하자."

양아영도 교실의 성가신 분위기를 눈치챘는지 군말 없이 따라 나온다.

복도를 걸어가며 양아영이 다시 말을 꺼낸다.

"권투, 그만두는 게 좋지 않을까?"

"절대 안 그만둘걸. 프로가 목표인 사람인데."

"너 말이야."

나는 걸음을 멈춘다. 양아영은 상관하지 않고 계속 걷는다. 멀어지는 양아영의 등을 못마땅하게 바라보다가 잰걸음으로 따라붙는다.

"언제는 같이 배우고 싶다더니 그새 마음이 변했냐?"

"그렇게 위험한 줄 몰랐으니까."

"누나가 위험한 거야. 권투가 아니라."

"너도 싸울 거야?"

물론 이건 너도 시합할 거냐는 의미다. 그래도 나는 속마음을 들킨 사람처럼 깜짝 놀란다. 양아영은 놀라는 날 보더니 심각한 표정으로 내 팔을 꾹 잡는다.

"제정신이야? 아직 몸도 다 안 나았잖아."

"환자 취급하지 마. 나 멀쩡해."

나는 양아영의 손을 걷어 내고 퉁명스럽게 대꾸한다. 산이 누나처럼 링에 올라 시합할 생각은 없지만 굳이 아니라고 해명하지 않는다. 양아영의 오해가 완전히 틀렸다고는 할 수 없으니까. 내게는 네 체급 위의 운동부 개자식과 붙어 보겠다는 한층 더 요란한 계획이 있다.

양아영이 눈썹 사이를 좁힌다.

"너도 언니도 이해가 안 돼. 몸을 단련하고 싶은 거면 다른 안전한 운동 많잖아. 근데 왜 그런 시합을 해? 죽고 싶어서 그래?"

"니가 뭘 알아?"

사정을 말할 수 없으니 양아영이 무슨 말을 하든 덤덤히 받아넘기겠다고 다짐했지만 나도 모르게 입을 열고 만다.

"나한테는 싸워야 할 이유가 있어. 산이 누나도 그만두지 못하는 이유가 있고. 니가 뭔데 참견이야. 아무것도 모르면서."

"아, 그러세요? 주먹으로 다른 사람 때리는 데 뭐 대단한 이유라도 있으신가 보네요?"

양아영이 비아냥거린다.

"그래, 너는 아무 관심도 없겠지."

나는 손바닥으로 얼굴을 훑는다.

"나한테 신경 쓰는 것도 담임이 시켜서 그러는 거잖아."

"내가 시키면 다 하는 앤 줄 알아?"

"아니야?"

양아영과 말다툼은 질리도록 했지만 지금처럼 서슬 퍼렇게 서로를 찔러 댄 적은 없다. 양아영은 어떨지 몰라도, 나는 그게 우리가 일부러 넘지 않는 느슨한 선이라고 생각했다. 별로 견고하지 않은 관계라도 완전히 깨지지 않도록 지켜 주는 규칙 말이다.

나는 가을 하늘처럼 창백한 양아영의 얼굴을 본다. 어디선가쩍, 하고 금이 가는 소리가 들린다.

"너처럼 인기 많은 애는 평판 관리하는 것도 힘들겠지. 무리하지 마. 니가 따돌림당하는 애들이랑 안 엮이고 싶은 거 다 아니까. 넌 서찬희나 나 같은 부류와는 다른 사람이잖아."

양아영은 대답하지 않는다. 나도 말하지 않는다. 우리는 진열대에 박힌 동상처럼 제자리에 우뚝 서서 캄캄한 눈으로 서로를 응시한다.

먼저 눈을 피한 건 나다. 내가 보지 않는 동안 양아영이 그대로 사라져 버릴 것 같다는 생각이 든다. 하지만 양아영은 자리를 떠나지 않는다.

"다르지 않아."

한참 뒤에, 양아영이 입을 연다. 비에 적신 듯 먹먹한 목소리다.

"너도 제대로 아는 게 하나도 없구나."

양아영의 넘실거리는 눈이 이쪽을 똑바로 찌른다.

"교실에 있는 애들, 아무도 나 좋아하지 않아. 나대고 잘난 척하고 재수 없다고. 더러운 소문도 돌았어. 내가 인기가 많아? 무슨 인기? 아무 관심도 없는 건 너 아냐?"

양아영의 음성이 의미가 되어 뇌리에 새겨지기까지 시간이 조금 걸린다.

"내 뒤에서 욕하고 소문 퍼뜨리는 애들, 막상 마주하면 다들 웃고 친한 척해. 그래서 나도 모르는 척, 별일 없는 척하지. 내가 왜 이래야 하는지, 왜 이런 대접을 받아야 하는지 억울해서 죽을 것 같은데, 아무 말도 할 수 없어. 그냥 보기에는 정말 별문제 없으니까.”

물리적인 폭력만 사람을 힘들게 만드는 건 아니다. 괴롭힘에도 종류가 있다. 하지만 나는 단 한 번도 양아영이 서찬희와 같은 문제를 겪고 있을 거라고는 생각해 본 적 없다.

“엄마는 내가 완벽한 줄 알아. 어디 가면 자랑하느라 바쁘지. 나만 아니었으면 진작에 아빠랑 이혼했을 거래. 하나뿐인 딸만 믿고 산다는데 거기다 대고 무슨 말을 하겠어?”

양아영의 눈가에 맺힌 눈물이 기어코 굴러떨어진다.

“처음에는 선생님한테 말하면 해결될 줄 알았어. 따돌림 주도하는 애들이랑 불려 가서 면담했는데, 걔들이 그러더라. 다들 친한데 얘가 혼자 뭘 오해한 거 같아요. 다른 애들한테 물어보세요. 맞아요, 맞아요. 서찬희 일도 그랬지. 그럴 리가 없다, 당사자들끼리 알아서 잘 해결된 문제다, 왜 니가 자꾸 나서냐. 늘 나만 이상한 애야.”

양아영이 입술을 깨문다.

“내가 어떻게 해야 했을까? 말해 봐. 넌 다 알잖아.”

나는 대답하지 못한다. 양아영은 뺨을 타고 흘러내리는 눈물을 손바닥으로 닦아 내고 계속 말한다.

“나는 열심히 공부했지만, 이럴 때는 어떻게 해야 하는지 배운

적이 없어. 아무도 이럴 때는 어떻게 하라고 가르쳐 주지 않아."

아무도 이럴 때는 어떻게 하라고 가르쳐 주지 않는다.

교과서 속 세계에는 균열이 없다. 언제나 공정하게 흘러가는 이치로 가득할 뿐이다. 하나에 둘을 더하면 셋이 된다. 기름과 물은 섞이지 않는다. 지구는 둥글고 우주는 까마득하다.

그러나 그따위 것들은 현실 세계의 난장판을 헤치고 살아가는 데 아무런 도움이 되지 못한다.

"내가……, 넌……,"

말이 이어지지 않는다. 양아영에게 해 줄 말이 없다.

그 사람들은 너보다 못한 사람들이니까 신경 쓸 거 없다고? 시간이 지나면 자연스럽게 수그러들 일이니 너무 마음에 담아 두지 말라고?

시간이 무한해도 낫지 않는 병이 있다. 모든 말을 더해도 덜어지지 않는 짐이 있다. 나는 양아영이 겪는 고통은 모르지만, 고통의 속성은 분명하게 이해한다.

학교에 있는 사람 전부가 특별히 사악하다는 생각은 하지 않는다. 그러나 세상을 무너뜨리는 건 악마 같은 인간이 저지르는 거창한 악행이 아니다. 평범한 사람이 사소한 말과 행동을 쌓아서 다른 사람을 죽일 수도 있는 것이다.

"울지 마."

나는 손을 뻗다가 양아영의 어깨를 짚어 주려면 정말 엄청난 용기가 필요하다는 사실을 깨닫는다. 기세 좋게 나가던 손바닥이 주먹으로 변해서 옆구리에 어정쩡하게 붙는다.

"너 때문에 우는 거 아니야."

"그래, 알아. 내가 어떻게 감히 사랑스러운 양아영을 울리겠냐?"

양아영은 내 농담을 듣고 웃은 적이 한 번도 없다. 이번에도 입을 곧게 펴고서 눈만 깜빡인다. 농담을 농담으로 안 받으니까 농담 같지가 않다.

왜 이런 병신 같은 농담을 했지? 늦은 후회가 저무는 해의 그림자처럼 밀려온다. 굳이 수습하는 것도 이상해서 나는 그냥 교문 밖으로 발을 뻗는다. 양아영이 옆에서 같이 걷는다. 버스 정류장까지 가는 길이 이렇게 멀다니.

양아영의 기분이 좋은지 나쁜지 모르겠다. 나는 정류장에 도착하고 나서도 내내 눈치만 살핀다. 다행히 이제 우는 것 같지는 않다.

오래 지나지 않아 양아영이 기다리는 버스가 먼저 도착한다. 양아영이 이쪽을 본다.

"내일 보자."

내가 뭐라고 대꾸하기도 전에 양아영이 버스에 오른다. 내일

보자는 말이 두고 보자는 말처럼 무시무시하게 들린다. 양아영을 실은 버스는 느리게 정류장을 떠난다. 나는 멀어지는 버스에서 한동안 눈을 떼지 못한다.

산이 누나의 준결승전은 3라운드 1분 21초에 끝났다. 무턱대고 들어가서 내지르던 스트레이트가 카운터를 맞았다. 마우스피스가 하늘 높이 튀었고, 글러브에서 무지막지한 소리가 났다.

주 관장은 산이 누나가 쓰러지자마자 수건을 던지고 링 위로 뛰어올랐다. 관중석에서 보고 있던 나도 벌떡 일어나서 달려갔다.

산이 누나는 시민스포츠센터 의료실에서 응급처치를 받고 병원으로 이송됐다. 누나의 의식이 없었기 때문에 여러 가지 검사를 받았다. 심각한 표정으로 의사와 대화하던 주 관장은 안절부절못하는 나를 보더니 방해된다며 복도로 내쫓았다.

어지간하지 않고서야 라운드가 많지 않은 아마추어 경기에서 큰 부상을 당하는 선수는 드물다. 권투에서는 강력한 한 방보다 차곡차곡 쌓이는 데미지가 더 무서운 것이다. 나도 안다. 아는데, 목각 인형처럼 요란하게 쓰러지는 산이 누나를 보고 나니까 미친놈처럼 불안해졌다. 주 관장이 냉정하게 대처해서 다행이었다.

하릴없이 복도 끝에 놓인 의자에 앉아 기다린다. 잠시 후 주 관장이 두리번거리며 날 찾는다.

"울었냐?"

"산이 누나는요?"

나는 주 관장의 시비를 묵살하고 곧장 묻는다.

"가서 직접 봐. 내일 아침엔 퇴원해도 된대."

"괜찮은 거죠?"

고개를 끄덕이며 걸어가는 주 관장을 따라 병실 안으로 발을 들인다.

순간 산이 누나와 함께 들렀던 1인실 광경이 겹쳐 보여 가슴이 철렁한다. 누나는 눈을 감고 침대 위에 똑바로 누워 있다. 두근거리는 심장을 붙잡고 침대로 한 걸음 다가서는데 산이 누나가 기세 좋게 코를 곤다. 허탈한 웃음이 저절로 새어 나온다.

"주먹 맞고 쓰러진 사람이 코를 골면 좋은 징조가 아냐. 뇌에 이상이 있다는 거니까."

주 관장의 설명을 듣고 다시 한번 가슴이 철렁한다.

"근데 얘는 그냥 자는 거니까 걱정 안 해도 돼."

정말 쓸데없는 설명이었다.

"오산이는 체격이 날렵하고 파워가 없어서 아웃복싱을 해야 되는데 왜 자꾸 인파이팅을 고집하는지 모르겠다."

주 관장이 간이침대에 주저앉으며 길게 한숨을 내쉰다.

"넌 나중에 쟤처럼 시합하면 안 된다. 알았지?"

"무슨 시합요?"

내가 되묻자 주 관장은 어리둥절한 표정을 지었다가 곧 "아, 그렇지." 하고 씁쓸하게 웃는다.

"아직도 그 태권도하는 녀석이랑 붙을 생각이냐?"

"그러려고 시작한 거니까요."

산이 누나가 누워 있는 침대 끝에 손을 짚고 서서 담담하게 대답한다.

눈을 질끈 감은 누나는 왠지 괴로워 보인다. 잠을 이루지 못하고 병원 휴게실에 앉아 있던 누나의 모습이 떠오른다.

"그만두는 게 좋지 않을까요?"

이렇게 묻고 나서야 양아영이 내게 물었던 것과 똑같은 말이라는 걸 알아차린다.

"누가? 뭘?"

"산이 누나요. 권투 안 하는 게 좋을 거 같아요. 관장님도 이대로는 안 된다는 거 아시잖아요."

"내가?"

주 관장이 태연한 얼굴로 묻는다.

주 관장. 주아이. 산이 누나.

나는 어쩌면 내가 상황을 완전히 잘못 파악하고 있었는지도 모른다는 불길한 생각에 사로잡힌다.

"관장님은 산이 누나를 좋아하는 게 아니죠?"

병실 크기가 줄어든 것도 아닌데 사방이 답답하게 느껴진다. 주 관장은 산이 누나에게 시선을 보내며 희미하게 웃는다.

"오산이가 그래? 내가 자기 좋아하는 거 아니라고?"

"그 글러브, 주인이 누군지 알아요."

내가 말한다. 산이 누나가 당부했지만 말하지 않을 수 없었다.

"누나가 미워요?"

"밉지."

너무 빠른 대답이라 곧바로 이어 가려던 추궁이 턱 막힌다. 버벅이는 내 모습을 본 주 관장이 능청스럽게 말을 잇는다.

"선수가 관장 말을 드럽게 안 듣는데 안 미울 수가 있냐?"

"그런 뜻이 아니잖아요."

"아니, 그런 뜻이야."

주 관장은 산이 누나가 걷어찬 이불을 제대로 덮어 준 다음 다시 말한다.

"내 동생도 너랑 오산이처럼 말을 드럽게 안 들었어. 얼른 배워서 누구 팰 생각이나 하고 말이야. 뭐, 권투를 처음부터 숭고한 목적으로 시작하는 사람이 드물다는 건 안다. 나도 그랬으니까. 하지만 그래도 하다 보면 애정이 생기고, 몸이 강해지는 만큼 마음도 달라지는 게 운동이야. 나는 너희가 싸움보다는 운동에 집중하길 바랐다."

나는 안승범을 생각한다. 분리수거장에서 봤던 패거리를 생각한다. 운동부에 속한 대다수가 학업도 팽개치고 오직 태권도에만 집중하고 있다는 걸 생각한다. 그래서 싸움이 없었을까? 몸이 강해지는 만큼 마음도 달라졌을까?

"내가 뭐라고 하든 넌 싸우겠지?"

주 관장이 묻는다. 새삼스러운 질문이다. 나는 굳이 대답하지 않는다.

산이 누나의 시합이 끝났고 기말고사는 이틀 남았다. 기말고사까지 끝나면 더는 기다리지 않을 작정이다. 안승범이 시합 준비로 바쁜 지금이 기회다.

나는 내가 병원에서 세운 계획을 계속 붙잡고 있을 만큼 심지가 굳지 않다는 걸 안다. 시간이 흐르면 이 결심은 핑계와 함께 흐려질 테고, 이 마음은 다시 예전처럼 공포로 얼어붙겠지.

"무작정 싸운다고 니가 겪는 문제가 해결되지는 않을 거다."

주 관장이 말한다. 나는 이번에도 대답하지 않으려고 했지만, 어쩔 수 없이 입을 연다.

"그래서 어쩌라고요? 싸우지 말라고요? 관장님 동생은 싸웠어요. 산이 누나도 싸웠어요. 결과가 끔찍했다는 건 알지만 나는 그게 잘못됐다고 생각하지 않아요. 왜냐하면 이 세계에는 말이 안 통하는 개새끼들이 너무 많으니까!"

서찬희는, 그리고 양아영은, 온갖 부조리한 일을 당하면서도 아무 데도 기대지 못했다. 의지하지 못했다. 스스로 주먹을 쥐고 일어서지 않으면 계속해서 진창에 엎어진 채로 있을 수밖에 없다.

"아이 그렇게 만든 놈들 찾으려고 학교에 갔었다."

뜨겁게 쏟아 낸 기운이 가라앉고 침묵이 깔리자 주 관장이 담담하게 말한다.

"다들 모른 척하더라. 그놈들한테 보복당할까 봐 무서웠겠지. 선생들은 일이 더 커지지 않고 빨리 끝나기만을 바라는 눈치였고. 경찰에 신고해 봤지만 성과는 없었다. 나는 잡혀 있던 시합도 팽개치고 정신없이 돌아다니며 조사했어. 나중에는 근방에 유명하다는 학교 패거리 명단을 줄줄이 외울 만큼."

체육관에 전시된 메달과 트로피를 보면 주 관장이 촉망받는 선수였다는 걸 어렵지 않게 짐작할 수 있다. 해마다 이어지던 성과는 3년 전을 기점으로 뚝 끊긴다. 주 관장은 원래 그즈음에 트레이너로 전향할 생각이었다고 했지만, 사실이 아니었다.

"한동안 길거리에서 살다시피 하니까 친구도 생기고 일도 생기고 그러더라. 나는 사람을 정말 많이 때렸다. 어디 무슨 소속이라는 양아치 놈들. 내 친구를 못살게 군 놈들. 아니면 그냥 꼴 보기 싫은 놈들. 아마 그중에는 아이를 그렇게 만든 놈들도 있었을 거다. 지금은 알 수 없는 일이지만."

잠시 말을 멈춘 주 관장은 간이침대에서 일어나 창가로 걸어 간다. 주 관장이 커튼을 걷자 밤의 어둠을 가르는 달빛이 바닥으로 떨어진다.

열어젖힌 창문 너머로 들어오는 공기를 크게 들이마신 다음 주 관장이 말을 잇는다.

"반년쯤 그렇게 지내다가 아버지가 쓰러지셨다는 소식을 들었어. 아이 병원비가 만만찮았거든. 나한테는 아무 말씀 안 하셨는데, 무리하셨던 거지."

"왜 저한테 이런 이야기를 하시는 거예요?"

주저하며 묻는다. 주 관장이 한쪽 입꼬리를 올린다.

"니가 알았으면 해서."

"뭘요?"

"싸움과 도피의 차이를."

나는 가만히 주 관장을 본다. 주 관장이 다시 말한다.

"내가 너한테 조건이 있다고 했지?"

그랬다. 체육관을 처음 찾았을 때 주 관장이 했던 말이다. 주먹 쓰는 법을 가르쳐 주는 대신 조건이 있다고. 그 뒤로 딱히 언급이 없어서 흐지부지 잊고 있었다.

"도망치지 마라."

창가에서 몸을 돌린 주 관장의 단단한 시선이 이쪽에 똑바로 꽂힌다.

"한번 도망치면 계속 도망쳐야 해. 그건 니가 아무리 도망쳐도 끝나지 않을 거다. 해야 한다고 생각했고, 하기로 결심했다면, 뒤로 물러서지 말고 앞으로 가. 이겨야 해. 모든 수단을 다 동원해."

거기까지 말하고 나서 주 관장은 산이 누나를 내려다본다. 부드러운 눈길이었다.

"싸우는 걸 멈추지 마."

왠지 나는 주 관장이 산이 누나를 막지 못하는 이유를 알 것 같다. 주 관장이 말했다. 자기가 있을 자리는 자기가 만드는 거라고. 누나는 왜 권투를 할까? 어떤 장소에 있고 싶어서 그러는 걸까?

그리고,

나는?

안승범을 때려눕히면 내게도 몸을 맡길 수 있는 곳이 생길까?

"그럴게요."

나는 주 관장의 조건을 수락한다.

내가 제대로 싸울 수 있을지, 싸우고 나면 어떻게 될지, 아직은 모르겠다. 아마 그건 주 관장도 모를 거다. 하지만 조금 전의 대화로 하나는 확실해졌다.

이제 나는 준비가 됐다.

11 내가 있어야 할 자리

  시험이 끝났다. 모두가 기다리던 방학이 코앞으로 다가왔다. 아이들은 한가해졌지만 운동부는 본격적으로 바빠지는 시기였다. 종례 때만 교실에 들어오던 운동부가 아예 자취를 감췄다. 복도에서도 보이지 않는 걸 보면 아예 체육관에 틀어박혀서 밖으로 나오지 않는 모양이었다.

  덕분에 나는 꼴이 좀 우스워졌다. 그동안 일부러 피해 다니던 새끼를 독대하기 위해 무던히 애를 써야 했으니까. 체육관에 직접 찾아가지는 않았다. 운동부에 개자식이 없는 건 아니지만 내가 볼일이 있는 개자식은 한 명뿐이다.

  서찬희 자리에는 더 이상 꽃이 놓이지 않았다. 며칠 동안 시든 채 책상 위를 장식하던 꽃다발은 지저분하고 우중충하다는 건의가 나와서 치워졌다. 옥상에 있던 것도 마찬가지였다. 서찬희 아버지는 교문 앞에서 시위를 계속했지만, 적어도 학교 안에서만큼은 서찬희의 흔적을 찾아볼 수 없게 됐다.

양아영의 문제는 나아지지도 나빠지지도 않았다. 나는 양아영이 아이들 사이에 표류하는 배처럼 어색하게 떠 있다는 사실을 뒤늦게 깨달았다. 혼자 있을 때 양아영은 유난히 스마트폰을 많이 만졌다. 가능하면 돕고 싶었지만, 담임에게 공개적으로 낙인 찍힌 내가 교실에서 양아영을 위해 뭘 할 수 있을지 감이 잡히지 않았다.

"방학 때 어디서 뭐 해?"

어쨌든 양아영은 오늘도 내게 말을 건다.

양아영이 울어서 심장이 멎을 뻔한 뒤로 나는 왠지 전처럼 자연스럽게 양아영을 대하기 어려웠다.

"내가 어디서 뭐 하든 니가 무슨 상관이야."

나는 짐짓 아무 일도 없었던 것처럼 대꾸한다.

"나도 특별한 계획은 없어."

"안타깝네."

입을 다물고 이쪽을 쳐다보는 양아영은 무슨 이유에선지 화가 난 것처럼 느껴진다.

"아직도 싸울 생각이야?"

지난번에 쌓인 오해를 풀지 않았기 때문에 이건 권투 시합을 할 거냐는 의미다.

"왜? 내가 일방적으로 얻어맞을 거 같아?"

"응."

대답하는 양아영에게 장난기가 전혀 없어서 슬프다. 나도 나름 대로 열심히 운동했는데.

"권투가 나쁘다는 건 아니야. 하지만 그런……,"

양아영은 말끝을 흐리다가 다시 입을 연다.

"그런 시합은 좋지 않아. 산이 언니도 큰일 날 뻔했잖아. 전에 어머니한테 들었는데, 니가 당한 사고는 하루이틀이 아니라 평 생 관리해야 하는 거래. 근데 왜 굳이 그런 위험한 짓을 하겠다 는 거야?"

양아영이 묻는다. 너무 올바른 지적이라 대꾸할 말이 없다.

양아영은 늘 올바른 지적만 한다. 어쩌면 그래서 아이들이 양 아영을 따돌리는 게 아닐까. 같이 있으면 초라해지니까.

"양아영. 어떤 새끼가 맞을 짓을 했다고 쳐."

"무슨 소리야?"

"들어 봐. 어떤 새끼가 맞을 짓을 했는데, 아무도 안 때려. 때리 기는커녕 다들 칭찬만 해. 그러면 너는 어떡할 거야?"

"말해야지. 이건 잘못된 거라고."

"아무도 안 들으면?"

"그러면……, 생각을 해 봐야지."

"무슨 생각."

"어떻게 하면 들어 줄까, 하는 생각."

나는 어처구니가 없어서 웃는다. 그러나 양아영은 농담하는 기색이 아니다. 손바닥으로 입가에 남은 웃음을 지우고 다시 묻는다.

"그래서, 결론이 나왔어?"

"아니. 아무리 생각해도 모르겠더라. 근데 한 가지 확실하게 다짐한 건 있어."

나는 양아영에게 묻는 시선을 보낸다. 조금 망설이던 양아영이 느리게 입을 연다.

"……누가 내게 말을 하면 나는 반드시 들어 줄 거야."

나는 양아영과 잠시 마주 보고 있다가 고개를 돌린다. 이상하게도 양아영이랑 함께 있으면 모든 일이 바르게 흘러갈 것 같다. 실제로는 전혀 그렇지 않다는 걸 알면서도.

"그래. 너는 그럴 수 있겠다."

내가 말한다. 양아영이 뭐라고 대꾸하려는데 교실 문이 열린다. 담임이 들어오는 걸 본 아이들이 꾸물꾸물 자기 자리를 찾아간다. 양아영은 남은 말을 머금은 채 머뭇거리다가 돌아선다.

"내일 방학식인데, 다들 계획은 잘 세우고 있지? 기말고사 끝났다고 다 끝난 거 아니니까 너무 나태해지지 말고. 지난 1년간 우리 반에 안 좋은 일이 많았지만 사람은 고통으로 성숙해진다잖아? 지금은 이런저런 이유로 힘들게 느껴질지도 몰라. 하지만 지나고 보면 내가 그런 때가 있었나 싶을 거야."

나는 귓구멍으로 들어온 담임의 오밀조밀한 목소리를 모조리 한숨으로 토한다.

시간은 아무것도 해결해 주지 못한다. 그저 잊게 만들 뿐이다. 깨진 거울을 천으로 덮어 두고서 한참 뒤에 멀쩡해졌다고 착각하는 거나 마찬가지다.

담임이 종례를 마치자 다들 집에 갈 준비를 하며 부산스럽게 움직인다. 나는 양아영이 허리를 굽히고 가방을 챙기는 사이 잽싸게 복도로 빠져나온다. 양아영과 같이 있으면 아무것도 하지 못하고 집에 돌아가게 될 것 같다.

나도 안다. 내가 하려는 게 가장 나은 방법은 아니라는 걸. 누구에게 인정받고 싶은 마음이 있는 것도 아니다. 그런데도 자꾸만 양아영이 마음에 걸린다.

화장실에 들어가 차가운 물로 얼굴을 씻는다. 흐린 거울 속에는 여전히 인승범의 기세에 눌려 벌벌 떨던 겁쟁이가 보인다. 주먹을 뻗어서 겁쟁이의 얼굴을 가린다.

주 관장은 이길 수 있는 확률이 반도 안 된다고 했다. 나는 그정도면 괜찮은 게 아닌가 싶었다. 이길 가능성이 전혀 없다, 에

비하면 크게 발전한 거니까.

화장실에서 나와 계단을 오른다. 오늘도 운동부는 저녁 늦게까지 체육관에 남아 연습한다. 안승범만 따로 불러낼 구실이 필요하다. 선량한 양아영의 간섭을 피해 사악한 계획을 짜려면 당연히 학교 옥상으로 가야 한다.

세상은 불공평해. 서찬희가 말했다. 왜 이렇게 불공평한 세상이 됐는지 알아?

옥상 문을 열고 밖으로 나온다.

나는 편한 게 좋았다. 굳이 나서서 피곤한 생활을 하고 싶지 않았다. 어디에도 신경 쓰지 않고 즐겁게 살고 싶었다.

그러나 그렇게 사는 건 쉬운 일이다. 좆밥 새끼라고 무시당하는 친구의 너저분한 인생을 모르는 척하는 건 어렵지 않다. 나서지 않는 것. 얽이지 않는 것. 굳이 내가 하지 않아도 되는 수많은 행동을 넘겨 버리고 가만히 있는 것.

다들 여기서 뭐 해? 강준혁은 안승범 패거리가 아닌데도 옥상 위에 있었다. 패거리가 저지르는 온갖 부당한 행위를 지켜보면서 때로는 혐오스러운 표정으로, 때로는 아무 감정 없이, 때로는 웃으면서, 서찬희의 등을 떠밀었다.

너 같은 놈들이 제일 나빠. 서찬희는 강준혁이 얼마나 비겁하고 역겨운 인간인지 정확하게 알고 있었다. 내가 정말로 원망스러운 건 너야. 그래서 그런 말을 꺼냈던 것이다.

그만해. 강준혁이 말했다. 너 그럴 용기 없잖아. 강준혁은 그때까지도 서찬희가 어떤 결심을 하고 옥상 위에 섰는지 모르고 있었다. 바보 같은 일이었다.

"이 새끼 봐라? 여기 뭐 꿀이라도 발라 놨냐? 또 마주치네, 짜증 나게."

난간 끝을 바라보며 생각에 잠겼던 나는 화들짝 놀라 뒤로 돌아선다.

기회는 항상 생각지도 못한 순간에 찾아온다. 기말고사 뒤부터 내내 단독으로 마주치길 바랐던 안승범이 소름 끼치는 선물처럼 옥상 입구에 서 있다. 나는 반사적으로 한 걸음 물러서서 안승범과 거리를 벌린다.

심장이 뛴다.

"씹새끼야, 표정 뭔데? 내가 눈 깔고 다니라고 하지 않았냐?"

안승범은 지난번에 봤을 때처럼 위압적인 기세를 뿜어낸다. 열심히 훈련했다고는 하지만 내가 주 관장에게 배운 기간은 기껏해야 한 달 반 정도다. 그 정도로 안승범과의 차이를 메꾼다는 건 불가능하다.

권투 라운드처럼 땡, 하고 붙으면 무조건 져. 주 관장이 말했다. 그래서 처음 한 방이 중요한 거야. 방심하고 있을 때 온 힘을 다해서 날리는 한 방.

　주 관장은 이렇게도 말했다.

　주먹의 힘은 팔에서 나오는 게 아니야. 하체에서 나오는 거다. 나무가 뿌리를 내리듯 견고하게 발을 딛고 서서, 허리를 비틀며 힘껏 꽂아 넣어. 제대로만 치면 그거 하나로 끝이야.

　그러나 그러기 위해서는 붕대나 장갑 같은 걸로 주먹을 덮고 있어야 한다. 잘못하면 상대의 턱이 아니라 이쪽 주먹이 부서질 수 있다. 이게 좀 아쉽다. 옥상에서 안승범과 마주칠 줄은 몰랐기 때문에, 미리 준비한 붕대는 손이 아니라 내가 멘 가방 안에 있다.

　"씨발, 담배도 안 가져왔네."

　안승범이 주머니를 뒤적이다가 욕을 하고는 난간 쪽으로 걸어가서 침을 뱉는다. 서찬희를 추모하는 꽃이 놓여 있던 곳이다.

　"재수 없으니까 빨리 꺼져. 처맞기 전에."

　안승범이 말한다. 나는 주먹을 쥔 채 서 있다.

　여기서 달려들면 틀림없이 발차기가 먼저 나온다. 아니, 발차기가 나오는 건 둘째 치고 이쪽에서 주먹을 똑바로 뻗을 수 없다. 안승범이 눈치채지 못하게, 적당한 거리에서 기습적으로 튀어 나가야 한다.

　나는 일단 안승범을 도발하기 위해 "서찬희 아버지가 시위하는 거 알지?" 하고 태연한 척 묻는다. 안승범은 난간에 등을 기대면서 "내가 알아야 하냐?" 하고 되묻는다.

심장 소리가 불규칙적으로 귓가에 울린다. 왜 이렇게 떨리는지 모르겠다. 나는 마음을 다잡기 위해 일부러 눈에 힘을 주고 안승범을 노려본다. 온몸의 핏줄이 뜨겁게 요동친다. 그러나 반대로 머릿속은 점점 차가워진다.

"알아야지. 니가 죽인 거잖아."

"정신 나갔냐? 그거 이미 사고라고 결론 났잖아. 그럼 끝이지."

"아무것도 끝나지 않았어, 이 살인자 새끼야."

안승범의 눈이 커진다. 서찬희에 대한 추궁보다는 내가 자신을 욕했다는 사실에 더 놀란 것 같다.

교실의 어느 누구도 안승범에게 대놓고 욕을 하지는 못했다. 언제나 자기 패거리에게 둘러싸여서 왕처럼 행세하고 다니는 놈이었으니까.

"너 진짜 미쳤구나? 좆도 아닌 게 씨발 뭐 믿고 이렇게 깝쳐? 지 혼자 존나 떳떳하네. 좆밥 새끼 죽은 거 파내면 넌 무사할 거 같아?"

나는 깊게 숨을 들이쉰다. 그동안 떠올리지 않고 있던 기억이 고통스럽게 밀려온다.

사고였지? 난간에 잘못 기댄 거지?

선생님들은 서찬희의 죽음을 그 정도 선에서 정리하고 싶어 했다. 무거운 침묵 끝에 네, 하고 먼저 입을 연 건 강준혁이었다.

사고였어요.

강준혁의 대답이 신호라도 되는 것처럼 다른 아이들도 하나둘 입을 열었다. 맞아요, 찬희가 거기 기대 있더라고요. 저희도 깜짝 놀랐어요. 난간이 그렇게 부실한 줄 몰랐어요. 철조망 같은 거라도 둘러야 되는 거 아니에요?

"너도, 니 패거리도, 강준혁도, 다 죗값을 받을 거야. 하지만 그전에 내가 너한테 할 말이 있어."

"좆까, 또라이 새끼야. 차에 들이받혀서 대가리가 어떻게 됐냐? 담배 존나 땡기게 하네."

안승범이 황당하다는 투로 말을 쏟는다. 나는 "운동하는 새끼가 무슨,"까지 말하다가 입을 다문다.

운동선수는 담배를 피우지 않는다. 피운다고 해도 중요한 시합을 앞두고서 피우지는 않는다. 분리수거장에서 봤던 운동부는 담배 때문에 그 장소에 있던 게 아니다.

그날, 복학 신청을 하려고 학교에 왔다가 안승범과 마주친 날, 안승범은 담배를 꺼냈다. 반도 태우지 않고 나에게 집어 던지던 게 기억난다. 어깨에 맞아서 튀던 담배 불똥도.

"너 담배 안 피우지?"

내가 묻는다. 안승범은 "뭐래, 자꾸." 하고 짜증스럽게 대꾸한다.

"너 담배 안 피우잖아. 대회 나가야 되니까. 안 그래? 언제부터 준비했어? 한 달 전? 두 달 전?"

"그게 지금 이 좆같은 상황이랑 관계가 있냐?"

모르겠다.

나는 눈썹 사이를 좁히고 잡힐 듯 잡히지 않는 생각을 어렵게 끄집어낸다. 담배가 목적이 아닌데 안승범은 왜 그날 옥상 위에 올라왔을까?

지금도 마찬가지다. 며칠 남지 않은 시합 때문에 교실에 얼굴 비칠 틈도 없는 새끼가, 왜 더 가까운 분리수거장으로 가지 않고 빠듯한 시간을 쪼개 일부러 여기까지 왔지?

"너구나."

내가 말한다. 안승범이 "이번엔 또 뭐가?" 하고 묻는다. 나는 다시 말한다.

"너였어. 서찬희 자리에 꽃을 갖다 놓은 게. 여기 꽃을 두고 있던 게 너였어."

안승범은 말문이 막힌 듯 입을 벙긋거린다.

안승범이 무슨 생각으로 그런 짓을 했든 조금도 인상적이지 않다. 안승범 같은 새끼들은 언제나 안승범 같은 새끼들이다. 그

토록 많은 잘못을 저질러 놓고 고작 이따위 가식적인 자기 위로
밖에 할 줄 모른다.

"별 의미는 없어. 내가,"

"그래, 아무 의미도 없어."

나는 변명처럼 입을 여는 안승범의 말을 끊는다.

"그런다고 서찬희가 널 용서해 줄 것 같아? 니가 주도한 그 역
겨운 짓거리들이 사라지기라도 해? 넌 그냥 거추장스러운 죄책
감을 그렇게 해서라도 덜어 내고 싶었던 거야. 하루빨리 잊어버
리고 아무 일도 없었던 것처럼 일상으로 돌아가고 싶었겠지. 효
과가 좋았나 봐? 아무렇지도 않게 대회 나갈 준비나 하고 있는
거 보면."

"닥쳐."

안승범이 꽉 깨문 이 사이로 위협적인 말을 흘린다. 나는 개
의치 않는다.

"왜? 아직도 기분 더러워? 걱정하지 마. 머지않아 서찬희는 너
한테 아무것도 아니게 될 테니까. 그런 애가 있었는지조차 기억
하지 못하게 될걸? 철없던 시절의 추억으로 남겨 놓고 서서히 잊
어버리겠지. 너네는 항상 그러잖아. 다른 사람 인생 병신 만들어
놓고 별거 아니라고 생각하잖아. 다 옛날 일이라고, 뻔뻔스럽게
잘 살잖아."

"그러는 씨발 넌 뭐 다르다고 생각하냐? 주제도 모르고 떠들어 대는 좆만 한 새끼. 그렇게 말하니까 니가 무슨 존나게 도덕적인 사람이라도 된 거 같아? 차에 한번 치이니까 눈이 확 떠지디?"

안승범이 조금씩 앞으로 걸어온다. 내가 기다리던 순간이다.

시선을 안승범에게 고정한 채 주먹을 세게 움켜쥔다. 안승범의 얼굴이 점점 가까워진다. 몸 전체의 맥박이 뭍으로 건져 낸 생선 처럼 펄떡인다.

아직이야. 나는 마치 다른 사람에게 조언하듯 머릿속으로 중얼 거린다. 실수하면 안 돼.

"좆같은 위선자 새끼. 뭐? 내가 서찬희를 죽여? 그럼 씨발 넌 뭔데? 너도 똑같은 새끼 아냐? 너도 살인자 아니냐고?"

"나랑……."

나는 일부러 작게 속삭인다.

"뭐라는 거야?"

안승범이 한 걸음 더 가까이 온다. 이 정도면 적당하다.

"나랑 싸우자."

나는 온 힘을 다해 주먹을 내지르며 외친다.

"이 좆밥 새끼야!"

숙련된 권투 선수는 1초를 수십 개로 쪼개서 인식할 때가 있다. 그럴 때는 콧등으로 다가오는 주먹이 슬로모션처럼 보인다. 내가 경험한 건 아니고 주 관장이 그렇단다.

그게 진짜면 왜 맞아요? 다 피하지. 나는 주 관장이 또 허풍을 친다고 생각했다. 그게 가짜면 어떻게 피하냐? 다 맞지. 주 관장이 치졸하게 반박했다. 덕분에 허풍이라는 확신만 더해졌다.

그런데 정말이었나 보다.

안승범이 내 주먹을 피했다. 간발의 차였다. 거리가 더 좁혀질 때까지 기다렸어야 했나? 기회는 한 번뿐이었고, 방금 전에 지나갔다.

"이런 씨발,"

안승범이 욕설을 뱉으며 고개를 돌린다. 나는 지체하지 않고 다시 주먹을 날린다. 산이 누나 옆에서 어설프게 배운 잽이지만 그것 말고는 방법이 없다.

안승범이 자세를 잡고 나를 두들겨 패기까지 시간이 얼마나 남았을까. 옥상 문에는 내가 더 가깝다. 지금 냅다 도망치는 것도 괜찮은 작전이다. 괜찮은 작전이지만,

여기가 끝이다.

나는 이미 도망쳤다. 도망치고 또 도망쳐서 도착한 장소가 바로 여기다. 뒤로 물러서지 말고 앞으로 가야 한다. 주먹을 뻗어야 한다.

결심을 굳히고 무너진 자세로 이도저도 아닌 잽을 급하게 날린다. 안승범은 형편없는 공격을 몸으로 받아 가며 거칠게 전진해 내 멱살을 휘어잡는다.

"그래, 뒈지고 싶다 이거지? 내가 씨발 사고 나서 병신 된 새끼 불쌍해서 선배들한테 이름 판 것도 그냥 넘어가 줬는데 이건 못 참겠다. 어디 한번 죽 돼 봐."

눈앞에 불꽃이 터지는 것처럼 시야가 번쩍거린다. 안승범의 주먹이 여러 번 얼굴을 때린다. 방망이로 맞는 것처럼 무거운 주먹이다.

하지만 생각했던 것만큼 아프지는 않다. 아파도 겁을 먹을 정도는 아니다. 막상 안승범에게 얻어맞으니 그동안 내가 겨우 이 정도의 주먹을 그토록 두려워했다는 게 우습게 느껴진다.

산이 누나는 더 아프게 맞았다. 더 아프게 때렸다.

"웃어?"

내가 허탈하게 웃자 안승범이 무지막지한 힘으로 멱살을 잡아 올린다. 숨이 막힌다.

나는 허공에 뜬 발끝으로 있는 힘껏 안승범의 사타구니를 후려갈긴다. 안승범이 묘한 신음을 흘리며 허리를 굽힌다. 앞으로 내려온 안승범의 얼굴을 무릎으로 올려친다.

"이, 이, 비겁한 새끼,"

안승범이 헐떡이며 외친다. 나는 개의치 않고 다시 한번 안승범의 사타구니를 걷어찬다. 이번에는 손바닥이 와서 막는다.

"죽여 버릴 거야!"

어느새 몸을 추스르고 일어선 안승범이 돌려차기로 허벅지를 때린다. 아까 맞은 주먹과는 비교조차 안 되는 위력이다. 몸에서 힘이 쭉 빠진다. 발이 아니라 쇠파이프로 후려친 것 같다.

태권도하는 놈들은 어떻게 이런 걸 맞고 견디지? 나는 비틀거리며 창고까지 물러나 벽에 등을 기댄다. 가방이 거추장스럽다. 어깨에 걸린 끈을 잡아서 내리는데 안승범의 다리가 얼굴로 날아온다.

잠깐 의식이 끊어진다.

피를 쏟으며 바퀴 빠진 수레처럼 옆으로 기우뚱 쓰러진다. 이가 깨졌나 보다. 땅바닥에 붉은 선혈이 번진다. 그걸 보자 서찬희가 생각난다. 자기 피로 만들어진 웅덩이 속에서 얕은 숨을 몰아쉬던 서찬희가.

서찬희는 말했다. 몇 번을 되물은 끝에 간신히 서찬희의 말을 알아들을 수 있었다.

정말, 미안해.

나 같은 놈에게 뭐가 미안하다는 건지 알 수 없었다.

부탁해. 서찬희가 다시 말했다. 너밖에 없어.

나는 죽어 가는 서찬희에게 알겠다고, 걱정하지 말라고, 그러니까 죽으면 안 된다고, 두서없이 지껄였다.

"너 그거 기억나? 서찬희가 그랬잖아. 자기가 죽으면 악귀든 뭐든 돼서 죽을 때까지 괴롭혀 주겠다고."

"아직 덜 맞았냐?"

안승범이 거칠게 숨을 쉬며 씹어 뱉듯 입을 연다. 나는 바닥에 떨어진 내 앞니 조각을 물끄러미 본다. 엄마가 알면 기절할지도 몰라. 이 하나 해 넣는 데 돈이 얼마나 들지? 갑자기 떠오른 병신 같은 생각을 접어 두고 말을 잇는다.

"서찬희 그 새끼, 결국 그렇게 되지는 못한 거 같더라. 하긴 원래 마음이 약한 새끼였으니까. 우리랑 다르게 대책 없이 착한 새끼였잖아."

타는 목구멍 안으로 침을 삼켜 넣는다. 피비린내가 난다.

"야. 내가 생각해 봤는데. 착하게 사는 것도 힘이 있어야 되겠더라. 좆도 아니면서 착하기만 하면 그게 그렇게 좆같을 수가 없어. 멍청한 새끼가 죽어서 숨이 멎는 순간까지도 사과하고 있더라고. 미안하대 씨발 도대체 뭐가 미안하다는 건데?"

"듣기 싫으니까 닥쳐."

안승범이 말한다. 나는 천천히 일어선다.

"그럼 듣지 마, 개새끼야. 그렇게 눈 감고 귀 막고 아무 일도 저지르지 않은 듯 살아. 너 같은 새끼들은 그렇게 살아야 해. 그게 어울려. 등신같이 꽃다발 이런 거 갖다 놓지 말고, 늘 그래 왔던 것처럼 개새끼로 행복하게 살아."

"씨발놈이 말이면 단 줄 알아?"

안승범이 주먹을 든다.

피를 너무 많이 흘려서 그런가. 당장이라도 드러누워 자고 싶다. 나는 전부 팽개치고 싶은 충동을 누르며 억지로 손을 뒤로 뺀다. 그리고 바닥에 쓰러졌을 때 몰래 긁어모은 피 묻은 먼지를 안승범에게 힘껏 뿌린다.

"이런 개새……!"

안승범이 눈을 찡그린다.

나는 체육관에서 수천 번 반복했던 자세를 떠올리며 주먹을 쥔다. 다리를 땅에 단단하게 붙이고, 허리를 역동적으로 틀고, 몸 전체를 안승범을 향해 집어 던진다. 그림으로 그린 것처럼 완벽한 스트레이트였다.

뭔가 부딪치며 으스러지는 소리가 난다.

말도 안 되는 고통은 그다음 뒤늦게 밀려온다. 붕대나 장갑으로 손을 보호하라던 주 관장의 말이 허튼소리가 아니었음을 증명하는 고통이다.

나는 아파서 비명을 지르면서도 바닥에 쓰러진 안승범을 필사적으로 깔아뭉갠다. 오른쪽 손가락에 존재하는 마디 하나하나가 다 부러진 것 같다. 나는 어금니를 깨물고 아직 멀쩡한 왼손에 힘을 준다. 콘크리트 더미처럼 튼튼하던 안승범이 내 밑에 깔려서 허우적거린다.

"이, 개, 새끼, 좆같은, 새끼,"

나는 되는대로 욕을 뱉으며 왼쪽 주먹으로 안승범의 얼굴을 강타한다.

"넌 이제 진짜 뒈졌어, 좆만 한 새끼야! 씨발, 얍삽한 새끼!"

안승범이 소리치며 손을 뻗는다. 나는 위로 고개를 빼고 계속 주먹을 날린다.

계속,

계속,

계속,

계속,

왼손도 오른손처럼 너덜너덜해질 때까지. 더 이상 주먹에 감각이 없어질 때까지. 입술이 터진다. 핏방울이 튄다. 이가 깨진다. 코뼈가 부러진다.

"그만, 그만해……."

사납게 버둥거리던 안승범이 마침내 피투성이가 된 얼굴로 항복 선언을 한다.

그러나 나는 멈추지 않는다.

안승범이 서찬희에게 그랬던 것처럼. 패거리가 다른 아이들에게 그랬던 것처럼.

"넌 그만했어? 서찬희가 그만하라고 할 때 그만했어?"

나는 계속 주먹을 날린다. 양손이 다 부서진 것 같다. 안승범도 엉망이다.

"너네는 미안해하지 않아. 벌을 받지도 않아. 왜? 힘이 세서? 집이 잘살아서? 머리가 좋아서? 강준혁도, 너도, 니 패거리도, 멀쩡하게 살면 안 돼. 아무 일도 없었던 것처럼 살면 안 돼."

"미친 새끼,"

여기저기 붓고 터진 안승범이 가래 끓는 소리를 내며 웃는다. 나는 망가진 주먹을 다시 한번 뻗으려다가 안승범을 본다.

안승범이 말한다.

"이 미친 새끼야. 지 이름이 뭔지도 모르냐? 정신병자 새끼."

내 이름?

나는 안승범의 말을 이해하지 못한다. 안승범이 핏방울 섞인 웃음을 토한다.

"니가 이기니까 존나 잘난 거 같지?"

나는 대답하지 않는다. 갑자기 내 이름이 몹시 낯설게 느껴진다.

"넌 아무것도 아니야, 좆만 한 새끼야. 니가 뭔지, 무슨 짓을 했는지 기억이나 해?"

"나는……."

나는 말하지 못한다. 처음으로 내 이름을, 그 의미를, 생각한다. 누구를 가리키고 있는지 깨닫는다.

"너도 재밌었잖아. 그치? 서찬희 그 좆밥 새끼 잔뜩 쫄아서 쇼 하는 거, 솔직히 웃겼잖아. 니가 웃는 거 봤어. 멀쩡하게 살면 안 된다고? 아무 일도 없었던 것처럼 살면 안 돼? 씨발 니가 그런 말을 하면 안 되지. 이제 와서 그러는 거 존나 이상하잖아."

"나는, 내, 이름은……,"

전부 니 잘못이라는 거 알지, 이 병신 새끼야.

누군가 귓가에 대고 속삭인다. 나는 놀라서 고개를 돌린다. 그러나 뒤에는 아무도 없다. 안승범의 웃음소리가 점점 커진다. 세상이 소용돌이친다. 눈앞이 아득하다.

흐리게 흩어지는 기억을 안간힘을 다해 붙잡는다. 피로 얼룩진 교복 명찰에 굵게 박힌 글씨는 분명 내 이름이다. 박살 난 얼굴로 킬킬거리는 안승범을 뒤로한 채 옥상 문을 짚는다. 무릎에 힘이 풀려서 금방이라도 주저앉을 것 같다.

하지만 확인해야 한다. 내 눈으로 보고 기억해야 한다.

안승범과 얼마나 오랫동안 옥상에 있었는지 모르겠다. 복도에 아직도 집에 가지 않고 꾸물거리는 아이들이 몇 명 보인다. 계단을 내려가니 다들 놀라서 쳐다본다. 나는 한 걸음 한 걸음 힘겹게 앞으로 발을 뻗는다.

서찬희는 학교 건물 뒤편으로 떨어졌다. 내 옆을 지나쳐서 급하게 튀어 나가는 내 모습이 보인다. 나는 그렇게 단숨에 서찬희에게 달려갔다.

1층으로 내려온 다음 숨을 고른다. 맞은 데가 아니라 때린 주먹이 아프다. 독감이라도 앓듯 몸 전체가 으슬으슬하다. 양팔을 껴안고 복도를 가로지른다. 교실 창문 너머로 양아영이 혼자 앉아 있는 걸 발견하고 반갑게 문에 다가서다가, 내 꼴이 말이 아니라는 걸 기억해 내고 동작을 멈춘다. 지금은 양아영을 보는 것보다 중요한 일이 있다.

서찬희가 뛰어내릴 거라고는 생각하지 않았다. 그럴 용기가 있다면 진작 안승범 패거리에게 맞섰을 거라고 여겼다. 하지만 때로는 겹겹이 쌓인 고통이 말도 안 되는 결론으로 치달을 때가 있다.

나는 몰랐다.

건물 바깥으로 나와서 걸어간다. 서찬희가 떨어진 화단에는 아직도 지워지지 않은 핏자국이 희미하게 남아 있다.

226

"기분이 어때?"

굳이 보지 않아도 누군지 알지만, 고개를 들고 상대를 확인한다.

"안승범 패니까 좋아? 이제 홀가분해?"

나는 대답하지 않는다. 대답할 필요가 없다.

"왜 너를 몰라봤지?"

내가 묻는다.

"다른 사람도 아니고 널. 어떻게 너를 몰라볼 수 있지?"

"자기가 누구인지를 아는 건 중요한 거야."

강준혁이 말한다.

나는 이제 더 이상 내가 어떤 사람인지 모르겠다. 나는 괜찮은 사람일까. 못쓰는 사람일까. 강한 사람일까. 비겁한 사람일까. 안승범 같은 놈보다는 나은 사람일까. 그다지 나을 거 없는 사람일까.

모르겠다.

부탁해. 서찬희는 말했다. 부탁해.

"이게 끝이야? 이렇게 끝나?"

내가 묻는다.

안승범과의 싸움은 내내 나를 괴롭혀 오던 계획이었다. 그러나 그동안 나를 지탱해 주고 있던 것도 바로 이 싸움을 향한 나의 변변치 않은 의지였다.

안승범은 쓰러졌다. 내가 이겼다. 막연하게 이런 상황이 오면 기분이 지금보다는 나아지지 않을까 싶었다.

아니었다.

"서찬희가 부탁한 게 있잖아."

강준혁이 말한다.

나는 쓰러진 서찬희를 끌어안은 나를 본다. 애들이 이거, 가져가지 못하게 해. 찢지 못하게 해. 서찬희는 결국 죽는 순간까지도 믿지 말아야 할 놈을 믿고 있다. 너밖에 없어.

우리는 친구였다. 어느 순간부터 우리는 친구가 아니었다. 하지만 그런 건 서찬희에게 아무런 의미도 없었다.

전해 줘. 나는 서찬희의 손을 잡고, 서찬희가 건네는 봉투를 받아 든다.

"그런 꿈을 꿨어."

내가 말한다.

"교실 안으로 들어갔더니 서찬희가 자기 자리에 멀쩡하게 앉아 있는 거야. 내가 깜짝 놀라서 물어봐. 너 괜찮아? 서찬희는 무슨 뜬금없는 소리를 하냐며 웃지. 나는 정말 다행이라고 안도하면서 서찬희를 껴안아. 옆에서 친구들과 즐겁게 떠들던 양아영이 무슨 일이냐며 의아해하는데, 나는 설명을 못 해. 기억이 안 나거든. 평소처럼 수업을 받고 학교 일과가 끝난 뒤 서찬희와 어제 했던 게임 이야기를 하면서 교문 밖으로 나와. 거기엔 서찬희 아버지가 팻말을 들고 서 있어. 놀라서 고개를 돌리면 서찬희가 피투성이가 된 얼굴로 나를 마주 봐. 나는 그때서야 겨우 깨닫지. 아무것도 돌이킬 수 없다는 걸."

서찬희를 실은 구급차가 떠난다. 나는 안주머니에 손을 넣고 서찬희에게서 받은 부탁을 확인한다. 서찬희가 거기에 무슨 말을 썼을지 불안해서 미칠 것 같지만, 그렇다고 확인해 볼 용기도 없다.

하루, 이틀, 시간이 흐른다. 너밖에 없어. 서찬희의 말이 계속해서 심장을 파먹었다. 어떻게 생각하면 그게 서찬희가 내게 남긴 저주가 아니었을까 싶다. 하지만 나는 서찬희에게 그럴 의도가 없었다는 걸 안다. 그래서 더 괴로웠다.

서찬희가 남긴 봉투는 날이 갈수록 무게를 더해 나를 짓눌렀다. 도망칠 수 없다. 그런 생각을 하면 주체할 수 없는 절망이 몸을 움켜쥐었다.

빨간불이 켜진 횡단보도 한가운데 멈춰 서서, 속도를 줄이지 않고 다가오는 트럭을 멍하니 바라본다. 나는 움직이지 않는다. 눈앞으로 붉은 꽃잎이 비처럼 쏟아져 내린다. 그 사이로 언뜻 서찬희를 본 것 같다는 생각을 했다.

"이제 어떻게 하지?"

강준혁에게 묻는다. 강준혁이 차가운 시선으로 나를 찌른다.

"니가 있어야 할 자리를 찾아."

강준혁이 말한다.

"싸워."

그리고 나는, 강준혁은, 돌아서서 걷기 시작한다.

12 싸우는 소년

산이 누나가 책을 읽는다. 잠자코 내용을 들어 보니 자유와 투쟁이 어쩌고저쩌고하는 인문학 책이다. 주 관장 동생에게는 재밌다고 소문난 장르소설을 읽어 줬던 거 같은데. 사람 차별이다.

창밖에서 쏟아지는 쨍한 햇빛이 조금씩 기울어 갈 때쯤 주 관장이 당근주스를 한 박스 사 들고 온다. 산이 누나는 어차피 애가 먹지도 않는 거 뭐 하러 사 왔냐고 타박한다. 주 관장은 어차피 애가 듣지도 않는 거 뭐 하러 읽냐고 반박하다가 정강이를 걷어차인다.

몇 분쯤 산이 누나와 티격태격하며 병실 안을 소음으로 채우던 주 관장이 체육관 열어 놓고 잠시 들른 거라며 아쉬운 투로 인사한다. 주 관장을 배웅한 산이 누나는 읽던 책을 사물함에 집어넣은 다음 내 옆으로 와서 앉는다.

"지난번 대회, 결국 니 뜻대로 됐어. 3위 결정전까지는 하고 싶

었는데 찬영 오빠가 벌써 부상 사유로 기권 신청했다더라. 니가
나 죽는다고 기를 쓰고 말렸다면서? 너 나한테 동메달 하나 빚
진 거야."

산이 누나가 말한다.

졌다고 시합이 끝난 게 아니라 아직 3위 결정전이 남아 있었구
나. 기를 쓰고 말린 적은 없는데 어쨌든 무산돼서 다행이다. 산이
누나는 본인의 몸 상태를 진지하게 관리할 필요가 있다. 내가 이
런 말을 하는 게 웃기긴 하지만.

"어머니가 부탁하셨어. 너 깨어나면 단단히 혼내 달라고. 좋은
분 같아. 나는 다들 자기 자식이라면 우리 엄마처럼 무조건 감싸
고돌 줄 알았거든."

여기까지 말한 뒤 산이 누나는 크게 숨을 들이쉬고는 나를 바
라본다. 그리고 일어서서 창가에 기댄다. 잠시 정적이 내려앉는
다.

"아이가 그렇게 되니까 엄마가 말했어. 넌 절대 이런 일에 끼
어들 애가 아니다. 내가 널 알아. 넌 잘못하지 않았어……. 엄마
의 무차별적인 옹호가 나한테 얼마나 절실했는지 넌 모를 거야."

창밖을 보면서 산이 누나가 혼잣말처럼 중얼거린다. 그러나 나
는 누나가 하는 말을 분명하게 듣고 있다.

"며칠 뒤 교실에서 내 동생 그렇게 만든 놈 누구냐며 묻는 찬

영 오빠를 봤지. 우리는 약속이나 한 듯 다 같이 입을 다물었어. 오빠가 그랬어. 나중에 너희가 억울한 일을 당했을 때, 지금의 이 침묵을 기억하라고. 그날 집에 와서 정말 많이 울었어. 그걸 본 엄마는 하나뿐인 딸을 지키겠다며 여기저기 묻고 다니더니 아이 부모님께 전화해서 고소하겠다는 둥, 자식 간수 잘하라는 둥, 말도 안 되는 경고를 했지."

산이 누나가 어떤 심정으로 집을 나왔고 왜 돌아가지 않는지, 이제 조금 짐작이 간다.

나는 열리지 않는 입으로 대꾸하는 대신 오래 떠서 건조한 눈을 한 번 깜빡인다. 내 의지대로 움직이지 못하니까 답답하다.

"아무튼,"

산이 누나는 처진 분위기를 환기시키려는 듯 몸을 돌린다.

"너 싸움 배우려고 체육관 들어온 거라며? 이겼냐? 난 니가 이 겼을 거라고 생각하는데 찬영 오빠는 아니래. 우리 여기다 돈 걸었다. 나중에 체육관 사람들이랑 너랑 다 같이 모여서 회식하려고. 그러니까 얼른 일어나서 어떻게 됐는지 설명해."

니는 아무 말도 하지 못한다. 산이 누나는 묵묵히 내 얼굴을 지켜보다가 커튼을 치고 병실 밖으로 나간다.

내가 왜 여기 있을까.

고장 난 몸에 쓸데없이 힘주는 걸 포기하고 생각에 잠긴다. 옥상에서 안승범을 때려눕히고 밑으로 내려온 것까지는 기억한다. 그리고 집에 왔던가? 아니면 또 횡단보도에 멍청하게 서 있다가 차에 치였나?

생각할 시간은 많다. 엄마 아빠가 교대로 찾아와서 새벽까지 뜬눈으로 내 옆을 지킨다. 두 분 다 하루 종일 식당 일을 하고 온 게 분명한데 피곤한 기색이 없다. 부모님한테는 어떤 초인적인 힘이 있나 보다. 내게도 그런 힘이 있다면 사는 게 훨씬 쉬웠을 텐데.

나는 깜빡깜빡 눈을 뜬다. 밤이었다가 아침이고, 새벽이었다가 점심인 날이 이어진다. 부모님과 산이 누나가 번갈아 가며 보인다. 주 관장도 가끔 찾아온다. 그러나 어쩐 일인지 양아영이 보이지 않는다. 나는 내가 양아영을 보고 싶어 한다는 걸 깨닫고 깜짝 놀란다.

완전히 몸의 자유를 되찾은 건 보름이 지난 뒤였다. 마침 아무도 없는 때였다. 손가락 끝이 조금씩 내 의지를 따라 꿈틀거린다 싶더니 곧 감전된 것처럼 벌떡 상체가 일으켜진다. 몸이 녹슨 것처럼 뻑뻑하다. 먹고 마신 거 없이 누워만 지냈기 때문에 당장 입에 뭔가 넣고 싶은 욕구가 밀려온다.

침대 옆의 냉장고로 팔을 뻗다가 석고로 정성스럽게 싸인 두 손을 뒤늦게 확인한다. 어렵게 열어젖힌 냉장고 안에는 주 관장이 넣어 놨을 게 뻔한 빌어먹을 당근주스가 가득하다.

"정신이 드셨어요?"

내가 움직이는 걸 본 간호사가 의사를 부른다. 키가 크고 뱃살이 두둑한 의사는 굵은 안경알 너머로 이쪽을 관찰하며 몇 가지 의례적인 질문을 던진다.

"환자분 이름이 어떻게 되죠? 기억이 나나요?"

"네."

나는 입에 잘 붙지 않는 이름을 말한다.

의사는 손가락뼈가 대부분 작살났지만 그게 문제는 아니고, 교통사고로 다친 머리 쪽이 심각하다고 설명한다. 의사 말에 따르면 나는 이제 머릿속에 언제 터질지 모르는 폭탄을 하나 달고 사는 셈이다. 굳이 생각하지 않아도 안승범한테 맞은 발차기가 원인이라는 걸 알 수 있다. 좆같은 새끼.

태연한 표정으로 불운한 소식을 전달한 의사는 경과를 지켜보자면서 밖으로 나간다. 간호사에게 침대를 세워 달라고 부탁한 뒤 등을 기댄다.

안승범 그 새끼도 분류은 누워 있었겠지. 그러면 그놈의 잘난 태권도 대회는 못 나갔을 거다. 그거 하나는 뿌듯하네.

얼마 지나지 않아 간호사의 연락을 받은 엄마가 병실에 도착한다. 내가 일어난 걸 보더니 눈물을 주르륵 흘린다. 나는 당황해서 "그러지 마, 엄마. 나 괜찮아." 하고 우는 엄마를 다독인다.

"머리는 어때?"

"아무 이상 없어. 근데 내가 왜 여기 있는지 모르겠어. 어떻게 된 거야?"

허전한 앞니에 손가락을 대며 묻는다. 왼쪽 앞니가 3분의 2쯤 부러져 나간 게 느껴진다. 나도 안승범 새끼 앞니 두어 개는 깼으니 이 정도는 용서하겠다.

"너 길바닥에 쓰러져 있는 걸 아영이가 발견했대. 여기까지는 구급차 타고 왔어. 조금만 늦었으면 큰일 날 뻔했다더라. 나중에 아영이한테 꼭 고맙다고 해."

엄마가 설명한다. 하필 양아영이 날 구하다니. 눈치가 빠른 애니까 내가 권투 시합이 아니라 싸움하려고 체육관에 다녔다는 걸 곧바로 알아차렸을 거다. 그래서 병문안을 안 왔나?

어쨌든 지금 그건 중요하지 않다.

"엄마."

바짝 마른 입술을 혓바닥으로 핥은 다음 입을 연다.

"내 교복 아직 집에 있지? 새로 산 거 말고, 전에 사고 났을 때 입고 있던 거."

"글쎄, 아마 있을걸? 니가 버리지 말라고 엄청 고집부렸잖아. 갑자기 그건 왜?"

"거기 안주머니에 중요한 게 있어. 아주, 아주 중요한 거야."

나는 잠시 말을 멈추고 엄마의 얼굴을 본다. 이제부터 내가 꺼내려는 건 정말 비참한 이야기였다. 마음속으로 천천히 숫자를 센다. 고통이 가라앉을 때까지.

엄마는 묵묵히 내가 하는 이야기를 듣는다. 도중에 의견을 내거나 뭔가 묻는 일도 없이 그냥 듣기만 한다. 나는 안승범이, 그 패거리가, 내가, 서찬희에게 무슨 짓을 했는지 낱낱이 털어놓는다. 서찬희가 어떤 식으로 자신의 삶을 포기했고 나에게 뭘 맡기고 갔는지도.

"우리가 너를 어떻게 키웠는지 알아?"

이야기를 전부 듣고 나서 엄마가 묻는다. 평소와 다름없이 부드럽고 따뜻한 목소리다.

"죄송해요."

내가 말한다. 엄마는 손가방에서 물티슈를 꺼낸다.

"엄마한테 사과하지 마."

물티슈로 내 얼굴을 구석구석 닦아 주며 엄마가 말한다.

"지금 많이 무섭다는 거 알아. 하지만 무서워하기만 해서는 안 돼."

여전히 얼굴이 떨어져 나갈 것처럼 우악스러운 손길이다. 엄마는 물티슈로 내 눈가를 오래오래 문지른다.

"네가 어떤 일을 했고 앞으로 어떤 일을 하든, 넌 우리 아들이야. 엄마랑 아빠가 널 어떻게 키웠는지 잊어버리지 마."

나는 말끔하게 닦인 눈으로 엄마를 본다.

"잊어버리지 않을게."

엄마는 "그럼 됐다." 하고 웃는다.

이틀이 더디게 지나간다. 검사 결과를 살핀 의사는 예상보다 회복이 빠르다며 주말쯤 퇴원해도 괜찮겠다는 소견을 밝힌다. 나는 당장 집에 돌아가고 싶었지만 엄마가 허락하지 않았다. 겨우 하루 더 입원해 있는 건데 벌써부터 지긋지긋하다. 이쯤 되면 내 신분을 고등학생이 아니라 입원 전문가로 바꿔야 하는 게 아닌가 싶다.

병실을 찾은 산이 누나와 주 관장에게 승전보를 전하고, 휴게실 컴퓨터로 우리 학교 운동부가 부상당한 유망주의 불참으로 조기 탈락했다는 병신 같은 기사를 읽고, 산이 누나가 놓고 간 두꺼운 인문학 책을 무려 3분의 2나 읽는 동안에도, 양아영에게 연락할 용기가 나지 않는다.

늦은 밤.

나는 아침에 엄마가 주고 간 신용카드를 만지작거리며 한참 동안 복도를 서성인다. 공교롭게도 공책에서 본 양아영의 전화번호가 도장으로 찍은 듯 뚜렷하게 머리에 남아 있다. 차라리 기억이 나 나지 않았으면.

딱 신호음 세 번까지만 기다리고 안 받으면 들어가자. 냉정하게 기준을 정하고 한결 편해진 마음으로 공중전화 앞에 선다. 깁스 때문에 수화기를 드는 간단한 행동조차 번거롭기 짝이 없다. 어렵게 카드를 밀어 넣은 뒤 더듬더듬 번호를 누른다. 신호음이 세 번, 다섯 번, 아홉 번 울린다.

열세 번째 신호음이 끊어지고 나서야 수화기 너머로 익숙한 음성이 흘러나온다.

"여보세요."

"여보세요."

"네, 말씀하세요."

"여보세요."

씨발.

나는 양아영이 나의 여보세요 공세에 밀려 전화를 끊기 전에 얼른 "나야, 양아영." 하고 입을 연다. 양아영은 별로 놀라는 기색 없이 잠자코 있다가 "왜?" 하고 쌀쌀맞게 묻는다. 내가 혼수상태에서 깨어났다는 걸 이미 알고 있는 눈치다.

"궁금한 게 있어서."

차가운 수화기에 뺨을 바짝 붙이고 말한다.

"무슨 소리야?"

"니가 궁금해서 도저히 안 되겠다 싶은 게 있을 때 전화하라고 했잖아."

"아무 때나 전화하지 말라고 한 건 못 들었어?"

"오늘 금요일이야. 밤 10시 15분이고."

일부러 기다린 건 아니지만 아무튼 양아영이 제시한 까다로운 기준에 딱 맞는 요일, 시간이다. 양아영이 짜증스럽게 눈살을 찌푸리는 모습이 눈에 훤하다.

"그래, 물어봐."

양아영이 마지못해 인정한다. 나는 멀쩡한 목을 요란하게 가다듬는다.

"나한테 화났어?"

"전혀."

라고 대답하는 양아영의 목소리를 휘둘러서 다이아몬드도 벨 수 있을 것 같다.

나는 깁스한 손바닥 아래로 미끄러지는 수화기를 고쳐 잡는다. 양아영에게 하고 싶은 말이 정말 많은데 무엇부터 시작해야 할지 모르겠다.

내가 머뭇거리는 사이 양아영이 먼저 묻는다.

"이거였어? 니가 내린 답이?"

"나는……." 하고 잠깐 입을 다문다. 그리고 정직하게 대답한다.

"나도 잘 모르겠어. 내가,"

"너 죽을 수도 있었어."

양아영이 내 말을 자른다. 흔들림 없이 담담한 목소리다.

"나랑 같이 고민해 볼 수 있었잖아."

나는 눈을 감는다. 양아영은 언제나 이런 식이다.

"그럴 걸 그랬어."

"어떤 이유에서든, 어, 뭐?"

"그럴 걸 그랬다고."

나는 다시 대답한다.

"병원까지 먼 거리를 찾아와 유급하지 않도록 도와줬지. 퇴원하고 나서는 꾸준히 말을 걸어 줬고, 산이 누나 시합을 보러 같이 가 줬고, 밥도 사 줬고, 내가 바보 같은 짓을 하려고 할 때 말려 줬어."

서찬희가 죽은 뒤부터 나는 늘 무서웠다. 아팠다. 슬펐다. 불안했다. 그건 지금도 별로 나아지지 않았다.

하지만 나는 외롭지 않았다.

죽고 싶지 않았다.

안승범을 패겠다는 거창한 계획에 갇혀서 미처 눈치채지 못했다. 양아영의 반듯한 배려가 아니었다면 나는 벌써 끔찍한 죄책감과 함께 무너졌을 거다. 병원에서. 아니면 체육관에서. 아니면 교실에서. 아니면 옥상에서.

"고마워."

내가 말한다.

진심이다. 그래서 고통스럽다. 왜냐하면 양아영은 진짜로 벌어졌던 일에 대해 알아야만 하는 사람이기 때문이다.

"보고 싶다."

이것도 진심이다. 하지만 입 밖으로 꺼낼 생각은 아니었다. 우리는 서로 놀라서 아무 말도 하지 않는다. 5초가 5천 시간처럼 흐른다.

양아영이 말한다.

"그런다고 내 화가 풀릴 거라고 생각하지 마."

"화 안 났다면서."

덜컥, 전화가 끊어진다. 나는 수화기를 빤히 바라보다가 공중전화에 걸어 놓고 몸을 돌린다.

소등 시간이 지난 병실은 어둡고 조용하다. 조심스럽게 문을 열고 들어가 침대 위에 걸터앉는다. 사막 한복판에서 헤매다 온 사람처럼 목이 타들어 간다.

냉장고 안에는 주 관장이 넣고 간 당근주스밖에 없다. 환자한테 사 줄 게 이따위 거밖에 없나. 어렵게 꺼내 뚜껑을 딴다. 국내산 당근 100퍼센트. 한 병을 다 마신다. 웬일인지 맛이 나쁘지 않다. 당근을 향해 타오르던 나의 증오가 한풀 꺾이는 순간이었다.

빈 병을 치우고 자리에 눕는다. 만날 사람이 있고 할 일이 있다. 오래전에 했어야 할 일이다.

부탁해. 너밖에 없어.

나는 천장을 올려다보면서 서찬희가 남긴 마지막 말을 떠올린다. 이제 나는 그때 내가 서찬희에게 했던 대답을 완전히 기억한다.

걱정하지 마. 내가 할게.

"내가 할게, 찬희야."

미래에 어떤 일이 닥쳐올지는 아무도 모른다. 그러나 분명한 것은 어쨌거나 내가 앞으로 걸어갈 거라는 사실이다.

더 이상 도망치지 않고. 온 힘을 다해.

이렇게 시작한다.

하나.

나는 모른다. 나는 사람들을 모른다. 무엇 때문에 즐거워하고, 무엇 때문에 고통스러워하며, 무엇 때문에 계속해서 살아가는지. 모른다. 그걸 아는 것이 글을 적는 사람의 의무가 아닐까, 싶었던 때가 있다. 이제는 그런 생각을 하지 않는다. 평생을 걸쳐 노력해도 알 수 없는 것이 있다. 나는 아마도 계속, 모를 것이다. 나는 당신을 모른다. 그래서 내내 아팠다.

둘.

소설의 5분의 1쯤은 큰아버지가 계신 병실에서 적었다. 밤중에 화장실에 가고 싶은데도 잠을 깨우기 싫어 묵묵히 참던 분이었다. 글은 다 썼니, 하고 여러 번 물으셨다. 그때마다 쓰고 있어요, 하고 대답하는 게 싫었다. 그게 큰아버지에게 들은 마지막 말이 됐다. 나는 소설의 5분의 1보다 더 많은 걸 큰아버지에게 빚졌다. 그 빚과 함께 살아가겠다.

셋.

큰아버지에게. 동생에게. 유영진 선생님에게. 책의 가장 마지막 페이지에 실려 있는 분들(이제 나는 책의 마지막 페이지를 유심히 읽는다)에게. 그리고 당신에게.

넷.

나는 안다. 나는 사람들이 싸운다는 걸 안다. 아주 많은 사람들이 지금 이 순간에도 싸우고 있다. 그리고 당신도, 싸운다. 만일 그 싸움이 우리를, 우리의 관계를, 우리가 사는 세계의 풍경을, 조금 더 괜찮은 것으로 만들어 주는 싸움이라면. 그런 싸움을 위해 이 글을 썼다. 이겨야 한다. 무슨 수를 써서라도. 건투를 빈다.

2015

다섯.

어떤 이야기는 쓰겠다고 마음먹기도 전에 심장에 먼저 와서 박힌다. 내게는 이 소설이 그랬다. 오랜 시간 동안, 무너진 집에 던져진 기분으로 글에 갇혀 살았다. 거의 모든 문장을 흐리게 외울 때까지 쓰고 읽고 고쳤고, 책이 나온 후에는 더 이상 보지 않았다. 그때 나는 10년 뒤의 일 같은 건 생각하지 못했다. 그저 망가진 심장을 고친 것에 만족했을 뿐이다.

아직 듣지 못한 이야기가 있다고 일깨워 준 것은, 역시 당신이었다. 어떤 것은 의도적으로 그랬고 어떤 것은 부족해서 그랬다. 끝내고 돌아섰던 이야기를 다시 꺼내 읽으면서 채워야 할 만큼 비워야 할 데가 많다는 것도 알았다. 그래서 채웠다. 그리고 비웠다.

이 후기를, 승패와 상관없이, 10년 전에 싸웠던 당신에게 보낸다. 고맙다. 생각하고 있는 것보다 더.

2025

싸우는 소년

ⓒ 2025 오문세

초판 1쇄 발행 2015년 5월 4일 | 개정판 1쇄 인쇄 2025년 7월 7일 | 개정판 1쇄 발행 2025년 7월 18일
글쓴이 오문세 | 책임편집 김지수 | 편집 원선화 이복희 | 디자인 신수경
마케팅 정민호 서지화 한민아 이민경 왕지경 정유진 정경주 김수인 김혜원 김예진 나현후 이서진
브랜딩 함유지 박민재 이송이 김희숙 박다솔 조다현 김하연 이준희
저작권 박지영 형소진 오서영 조경은 | 제작 강신은 김동욱 이순호 | 제작처 영신사
펴낸곳 (주)문학동네 | 펴낸이 김소영
출판등록 1993년 10월 22일 제2003-000045호
주소 10881 경기도 파주시 회동길 210
전자우편 kids@munhak.com | 홈페이지 www.munhak.com | 카페 cafe.naver.com/mhdn
북클럽 bookclubmunhak.com | 트위터 @kidsmunhak | 인스타그램 @kidsmunhak
대표전화 (031)955-8888 팩스 (031)955-8855
ISBN 978-89-546-3602-5 03810